風を継ぐ者

成井豊＋真柴あずき

論創社

風を継ぐ者

写真撮影
タカノリュウダイ（カバー）
伊東和則（本文）
ブックデザイン
ヒネのデザイン事務所＋森成燕三

目次

風を継ぐ者

THE MAN CALLED THE WIND

登場人物

立川迅助　（新選組隊士）
小金井兵庫　（新選組隊士）
沖田総司　（新選組一番隊長）
土方歳三　（新選組副長）
三鷹銀太夫　（新選組勘定方）
桃山鳩斎　（医師）
つぐみ　（鳩斎の娘・医師見習い）
たか子　（鳩斎の妹・看護婦）
その　（迅助の妹・看護婦見習い）
美祢　（患者）
秋吉剣作　（美祢の弟・絵師）
小野田鉄馬　（長州浪人）
宇部鋼四郎　（長州浪人）

※この作品は、司馬遼太郎『燃えよ剣』『新選組血風録』、子母沢寛『新選組始末記』、童門冬二『新選組』『沖田総司』などを参考にしています。

1

明治十一年八月三十一日、夕。東京神田、小金井兵庫宅。

ダンダラ模様の羽織が床に置いてある。そこへ、小金井兵庫がやってくる。羽織の横に座り、本を開く。

そこへ、秋吉剣作がやってくる。

剣作　小金井さん。呼んでも返事がないけえ、勝手に上がらせてもらいましたよ。

兵庫　構わん構わん。悪かったな、いきなり呼びつけて。

剣作　（本を見て）何を読んじょったんです？

兵庫　ちょっとな。（本を床に置いて）そんなことより、これを見ろ。（隊服を示す）

剣作　懐かしいですね、隊服ですか。

兵庫　どうしても捨てられなくてな。箪笥の奥にしまっておいたんだ。

剣作　早いもんですね。あれから、十年も経つなんて。

兵庫　つい昨日のことのようだけどな。あの頃はこれを着て、京都の町を走り回ってたんだ。（羽織を着て）どうだ、凛々しいだろう。

剣作　おかしいな。十年前は似合うとったのに。

兵庫　おまえには、もう仕事は頼まない。
剣作　冗談ですよ。よう似合うちょります。
兵庫　(笑って) 最近は忙しいそうだな。
剣作　おかげさまで。今は雑誌の挿絵を二つ抱えちょります。来年あたり、個展を開こうかと思うて、準備を始めました。
兵庫　そうか。ウチの新聞でよかったら、いくらでも宣伝してやるぞ。
剣作　ありがとうございます。で、今日はどうしたんです。記事の挿絵ですか?
兵庫　おまえ、ベースボールって知ってるか?
剣作　ベースボール?　何ですか、それは。
兵庫　(ポケットから紙片を取り出して) この記事を見てみろ。
剣作　(受け取って) 小金井さんの所の記事じゃないですね。
兵庫　いいから、読んでみろ。
剣作　「日本最初のベースボールの試合」。試合っちゅうことは、武道ですか?
兵庫　武道とはちょっと違う。一対一じゃなくて、九対九で戦うんだ。
剣作　九対九?　どうやって戦うんです。
兵庫　続きを読んでみろ。
剣作　「ベースボールとはアメリカにて生まれしものなり。男子九人ずつが二隊に分かれ、球を打ち合い、点を競う遊びなり。今より五年ほど昔、新橋鉄道局の局員が、アメリカへ視察旅行に行きし時、当地で行われたる試合を見て、早速日本に持ち帰りたり。己も隊を作りて稽古に

兵庫　励みしが、他に隊もなく、試合はできず。が、先日、横浜鉄道局にも隊が結成され、晴れて来る九月一日、日本最初の試合が行われることになるなり」

剣作　つまり、明日がその試合なんだよ。

兵庫　なるほど。で、その試合がどうかしたんですか？

剣作　下ん所に、二つの隊の隊長の名前が書いてあるだろう。横浜の方を見てみろ。

兵庫　「立川迅助」……まさか！

剣作　そうだよ、あいつだよ。

兵庫　同姓同名じゃないんですか？

剣作　迅助なんて名前がそうそうあるわけねえだろう。

兵庫　信じられないな。生きちょったんですか。

剣作　実は、俺にも信じられねえ。だから、二人で確かめに行こう。

兵庫　試合を見に行くんですね？（記事を見て）会場は横浜か。

剣作　取材ってことにすれば、会社が汽車賃を出してくれる。

兵庫　私も一緒に行ってええんですか？

剣作　当たり前じゃねえか。おまえだって、迅助に会ってみたいだろう。

兵庫　ええ。でも……。

剣作　何だよ。会いたくねえのか？

兵庫　会いたいことは会いたいけど、十年前は敵と味方でしたからね。私の顔を見たら、なんて言うか。

兵庫　馬鹿。喜ぶに決まってるだろう。あいつはそういうやつなんだよ。開けっ広げで、クソまじめで、馬鹿正直で――

剣作　足が速い。

兵庫　そうそう。あいつの足は新選組随一だった。いや、おそらく、当時の日本でも一、二を争うほどだったろう。

剣作　まっすぐな人でしたね。

兵庫　まっすぐだった。あいつはいつでもまっすぐに生きていた。（時計を見て）もうこんな時間か。悪いが、急ぎの取材が入ったんだ。俺は出かけるが、ゆっくりしてってくれ。

剣作　何だ。それなら、私も一緒に出ますよ。

兵庫　いいからいいから。今、女房が夕飯を作ってるんだ。俺のかわりに、食ってってくれ。

剣作　奥様の手料理ですか。じゃ、ありがたくいただきます。

兵庫　じゃ、明日の朝七時。新橋の駅で。

剣作　お気をつけて。

兵庫が走り去る。剣作が、兵庫の置いていった本に気づく。

剣作　あれ？（本を取り上げて）小金井さん、これ。

兵庫はいない。剣作が本をぱらぱらとめくる。ある頁で、ふと手が止まる。

剣作

「元治元年五月十日。今日はいよいよ新選組の入隊試験だ。あまり気は進まないが、もう後戻りはできない。京都へ来てみて驚いたのは、新選組が町人たちに毛嫌いされていることだった。もともと、京都は勤皇派の天下。長州藩を中心とする勤皇の志士たちが、町を我が物顔で歩き回っていた。そこへ現れたのが、新選組だ。京都の治安を守るためと言って、志士たちを次々と血祭りに上げた。そして、去年の八月十八日、長州は薩摩と会津に裏切られて、京都を追い出された。以来、京都は佐幕派の天下になったわけだが、中でもとりわけ偉そうにしているのが新選組なのだ。隊士の中には、町人に乱暴を働いたり、金を脅し取ったりするやつまでいるらしい。そんな所へ入るのかと思うと、気が重くなってくる。が、同時にわくわくしているのも事実だ。近藤勇や土方歳三が実際はどんなやつなのか、この目で確かめることができるのだから。俺はすべてを見てやる。そして、すべてをここに書いてやる。それだけが、今の俺にできる仕事なのだから」

剣作が去る。

2

元治元年五月十日、朝。京都洛外壬生村、新選組屯所。
土方歳三・三鷹銀太夫がやってくる。それぞれ、着座する。そこへ、沖田総司がやってくる。防具をつけ、竹刀を持っている。沖田が銀太夫を見て、うなずく。銀太夫が帳面を見て、奥に向かって——

銀太夫　立川迅助君。

そこへ、立川迅助がやってくる。防具をつけ、竹刀を持っている。土方・銀太夫に礼をする。

銀太夫　前へ。

沖田・迅助が歩み寄る。向き合って、礼をする。竹刀を構える。

土方　始め。

迅助が二、三歩後ろへ下がる。沖田が少し動く。迅助がそれに反応して、大きく動く。沖田がわざと竹刀を下げる。迅助が打ち込む。沖田がかわす。迅助が再び打ち込む。沖田が再びかわす。迅助がさらに打ち込む。沖田が今度は受ける。と、迅助が沖田に体当たり。沖田は迅助を突き飛ばし、面を打つ。迅助がその場にしゃがみ込む。

土方　それまで。

沖田が開始の位置に戻る。

迅助　まだまだ！

迅助が立ち上がり、沖田に打ち込む。沖田がかわし、迅助の胴を打つ。強烈な音。迅助が倒れ込む。

迅助　まだまだ！

沖田　土方さん。

土方は黙っている。沖田が竹刀を構える。迅助が立ち上がり、沖田に打ち込む。沖田は迅助の打ちたいように打たせてやる。迅助は何度も打ち込むが、沖田はすべてをかわす。やがて、迅助の足がもつれて、転ぶ。

沖田　もうおしまいですか。
迅助　まだまだ！

迅助が立ち上がり、沖田に打ち込む。沖田がかわし、迅助の籠手《こて》を打つ。迅助が竹刀を落とす。沖田が迅助の面を打つ。迅助がその場にしゃがみ込む。

土方　それまで。

沖田が迅助に近寄る。

沖田　大丈夫ですか？
迅助　はい。

沖田が迅助に手を貸そうとする。が、迅助は断り、自分の力で立ち上がる。沖田に礼をして、去る。

沖田　三鷹さん、次の人。
銀太夫　は、はい。（帳面を見て、奥に向かって）小金井兵庫君。

そこへ、小金井兵庫がやってくる。防具をつけ、竹刀を持っている。土方・銀太夫に礼をする。

銀太夫　前へ。

沖田・兵庫が歩み寄る。向き合って、礼をする。竹刀を構える。

土方　始め。

沖田も兵庫も動かない。沖田がわざと竹刀を下げる。兵庫は動かない。沖田が二、三歩動く。兵庫がそれに反応して、二、三歩動く。沖田が打ち込む。兵庫がかわす。沖田が何度も打ち込む。が、兵庫はかわすばかり。沖田が強く打ち込む。兵庫がそれを受ける。沖田が兵庫を突き飛ばす。兵庫が後ろによろめく。沖田が竹刀を下ろして——

沖田　どうして本気を出さないんです。

兵庫が竹刀を構える。沖田も構える。兵庫が打ち込む。沖田はかわし、反対に何度も打ち込む。が、兵庫はすべてをかわす。

沖田　あなたの番ですよ。

兵庫が何度も打ち込む。が、沖田はすべてをかわす。一瞬、二人が離れる。と、同時に打ち込む。沖田は胴、兵庫は面。

土方　胴あり、それまで。

兵庫が礼をして去る。

銀太夫　本日の受験者は以上の二名です。合否は、火を見るより明らかですね。すぐに、両君に伝えてきましょう。
土方　どうした、総司。たった二人で、息が上がったか。
沖田　いや、久しぶりに、手ごわい相手だったな。
土方　なかなかの使い手だったな。目録か、ひょっとすると、免許皆伝まで行ってるかもしれねえ。
銀太夫　聞いてるんですか、土方先生。私は、合否を伝えてきましょうと言ったんです。
土方　そう慌てるな。すぐに行くから、おまえは羽織を二枚、用意しておけ。
銀太夫　二枚？　ということは、二人とも合格ってことですか？
土方　そうだ。不服か？
銀太夫　不服というわけではありませんが、最初の男は役に立ちますかね？　あの男の剣は、私といい勝負です。ということは、新選組の中で一番弱いということですよ。

土方　しかし、肝は座ってる。総司の胴をまともにくらって、それでも起き上がってきやがった。おまえだったら、どうだ。

銀太夫　無理です。きっと失神してるでしょうから。

土方　やつは死ぬ気でここへ来た。死ぬ気になった人間は、そう簡単には死なねえ。使いようによっては、いい働きをするだろう。

銀太夫　わかりました。では、二人とも合格ということですね？

沖田　ちょっと待ってください。土方さん、後の人も合格なんですか？

銀太夫　小金井さんは近藤先生のご推薦です。試験の結果に関係なく、合格させるように言われてるんです。

沖田　結果に関係なく？

銀太夫　あの人の父上は昌平坂学問所の教授なんですよ。あの人自身も父上について、儒学を学ばれたそうです。ゆくゆくは文学師範を頼みたい。そう、近藤先生は仰ってました。

沖田　近藤先生が何と言おうと、私は気に入らないな。

土方　なぜだ。

沖田　弱いのに、強く見せようとする人はいくらでもいる。しかし、強いのに、それを隠そうとする人なんて、初めてです。

土方　やつがそうだと言うのか？

沖田　土方さんにはわかってるはずだ。あの人の面は私の胴より早かった。

土方　しかし、浅かった。あれじゃ、一本にはならねえ。

沖田　手加減してたんですよ。あの人は本気を出してなかったんだ。最初から最後まで。
銀太夫　上がってたんじゃないですか？　何しろ、相手は天下の沖田総司ですから。
沖田　三鷹さんは黙っててください。
銀太夫　はいはい、黙ってますよ。どうせ、私は勘定方。銭勘定しか能のない男ですから。
土方　いや、俺は三鷹と同意見だ。百歩譲って、総司の言う通りだったとしても、俺はやつがほしい。
沖田　何を考えてるのか、わからないやつでも？
土方　おまえと五分に渡り合ったんだ。入れておいて、損はねえ。それに、今は一人でも隊士がほしい時だ。
沖田　しかし――
土方　今日の二人はおまえの隊に配属する。やつらが気に入らなかったら、気に入るようにするんだ。おまえの手で。
銀太夫　それでは、二人とも合格ということですね？
土方　ああ。
銀太夫　では、羽織を用意してきます。

銀太夫が走り去る。土方が沖田の肩を叩き、去る。沖田が兵庫の去っていった方向を振り返る。去る。

3

元治元年五月十日、昼。京都洛中、桃山診療所。
迅助が走ってくる。ダンダラ模様の羽織を持っている。

迅助 その！　その！　兄上のお帰りだぞ！　その！

そこへ、たか子がやってくる。

たか子 大きな声を出さないで。診療中ですよ。
迅助 叔母上、そのはどこですか？
たか子 奥で、昼餉の支度をしてると思いますけど。そんなことより、その顔はどうしたんです。誰かと喧嘩でもしたんですか？
迅助 してませんよ。子供じゃあるまいし。
たか子 そうですよね。迅助さんなら、喧嘩になる前に逃げますよね。
迅助 俺はそんな腰抜けじゃない。相手がどんなに強いやつでも、戦う時は戦います。

たか子　嘘を言ってはいけません。迅助さんは、子供の頃から逃げるのが得意だったんでしょう？　相手が怒ったら、とにかく逃げる。逃げて逃げて逃げまくって、相手が疲れて諦めるまで逃げる。ひどい時は半日も逃げ回ったって、そのさんが言ってました。

迅助　そののやつ、何もわかってないな。俺は逃げたんじゃなくて、走ったんです。走ることで、戦ったんです。

たか子　じゃ、その傷はどうしたんです。走ってて、転んだんですか？　それとも、馬に蹴られたんですか？

迅助　新選組の沖田と勝負してきたんです。

たか子　何ですって？

そこへ、そのがやってくる。

その　叔母上、昼餉の支度ができました。

迅助　その、今、帰ったぞ。

その　お帰りなさいませ、兄上。どうしたんですか、その顔は。馬に蹴られたんですか？

たか子　新選組の沖田と勝負してきたんですって。

迅助　（そのに）残念ながら、あと一歩ってところで負けちまった。まあ、相手は天下の沖田総司だからな。負けてもともと。いや、これぐらいの傷で済んだんだから、大勝利と言ってもいいぐらいだ。

その　それはおめでとうございます。ところで、兄上。沖田って誰ですか？
迅助　新選組の一番隊長だ。おまえも一度ぐらいは耳にしたことがあるだろう。
その　ああ、新選組。新選組ねえ。
たか子　その顔は知らないんですね？　でも、壬生浪って名前は聞いたことがあるんじゃないですか？
その　ありますあります。でも、意味までは……。
たか子　壬生にいる浪人だから、壬生浪。去年の春頃から、壬生寺の近くに住みついてる、浪人どものことです。汚い着物を来て、目をギラギラさせて、まるで狼みたい。その中でも一番凶暴なのが、沖田って狼なんです。
その　（迅助に）兄上は狼と勝負してきたんですか？
迅助　ああ。俺も今日から、狼だ。
たか子　何ですって？

そこへ、桃山鳩斎・つぐみがやってくる。鳩斎は本を持っている。

つぐみ　叔母上、診療が終わりました。
たか子　つぐみさん、ちょっとこっちへ来て。迅助さんが大変なんです。
つぐみ　（迅助に）いやだ。おでこから血が出てるじゃない。また馬に蹴られたの？
迅助　蹴られてませんよ。俺は今朝、新選組の入隊試験を受けてきたんです。この傷は、その時、

たか子　沖田につけられたんです。
迅助　じゃ、試験は不合格だったんですね？
その　いいえ、合格でした。これがその証拠です。ほら。（ダンダラ模様の羽織を広げる）
迅助　この羽織、見たことがあります。
つぐみ　新選組の隊服だ。隊士しか着られない服なんだ。
その　趣味の悪い服よね。こんなのを着て、威張ってるから、バカにされるのよ。
たか子　新選組はバカにされてるんですか？
迅助　都の人には嫌われています。新選組というのは、もともとは江戸の浪人が作ったものですから。
たか子　そう言う叔母上だって、もともとは江戸の人間じゃないですか。
つぐみ　でも、迅助さんよりは長く、都に住んでますからね。都の人の気持ちはよくわかるんです。
鳩斎　ねえ、迅助さん。あなた、新選組がどういう所か、本当に知ってるんですか？
つぐみ　ニュー・セレクテッド・チーム。
鳩斎　何ですか、父上。いきなり大きな声を出して。
つぐみ　ニュー・セレクテッド・チーム。新選組をエゲレス語に訳すとそうなる。
たか子　訳してどうするんですか。
迅助　いいですか、迅助さん。新選組は人殺しの集まりです。将軍様をお守りするためとか何とか言って、勤皇の志士を片っ端から血祭りにあげてるんです。
別に、やりたくてやってるんじゃない。新選組の仕事は、都の治安を守ること。みんな、都の人のためなんです。

たか子　新選組はそのつもりでも、都の人は迷惑がってますよ。
迅助　そんなことはありません。新選組は本物の武士の集まりです。士道に背くような真似は絶対にしません。（懐から紙を取り出して）「一、士道ニ背キ間敷事」
その　何ですか、それは？
迅助　新選組の局中法度だ。さっき、土方先生からもらったんだ。
鳩斎　見せてみろ。（迅助の手から紙を取る）
その　（迅助に）土方先生て、誰ですか？
たか子　新選組の副長さん。沖田の次に凶暴な狼です。
鳩斎　「一、士道ニ背キ間敷事」
その　どういう意味ですか？
つぐみ　武士として恥ずかしくない行動をしろってこと。
鳩斎　「一、局ヲ脱スルヲ不許」
つぐみ　（そのに）要するに、辞めるなってこと。
鳩斎　「一、勝手ニ金策致不可」
つぐみ　（そのに）勝手にお金を借りるなってこと。
鳩斎　「右条々相ヒ背候者ハ切腹申シ付クベク候也」
つぐみ　（そのに）以上に違反した者は、切腹しろってこと。
その　切腹？
たか子　迅助さん、切腹っていうのは、腹を切るってことですよ。あなた、それを知ってて、新選組に入ったんですか？

迅助　いいえ、今、初めて知りました。あははは。

たか子　笑いごとじゃないでしょう？　どうして最後まで読まなかったんです。

迅助　合格して、天にも昇る気持ちだったんで。どうしよう。

たか子　今からでも遅くありません。「やっぱり辞めます」って言ってくるんです。

その　でも、辞めたら、切腹なんじゃないですか？

たか子　こうなったら、迅助さんの得意技で行くしかありません。逃げるんです。

その　どこへですか？

たか子　江戸でもどこでも、新選組が疲れて諦めるまで、逃げ回るんです。

つぐみ　でも、新選組は百人以上いるんですよ。疲れたら、次の人が追ってきます。

たか子　じゃ、顔を変えましょう。

つぐみ　顔を変える？

たか子　兄上の腕をもってすれば、迅助さんの顔を別人に変えるのは朝飯前。顎を削って、丸顔にすれば、誰にも気づかれません。さあ、兄上。

鳩斎　インポッシブル。

つぐみ　（たか子に）「無茶言うな」って言ってますよ。

迅助　俺は武士です。いざとなったら、切腹ぐらいしてみせます。

つぐみ　偉そうなこと、言っちゃって。つい昨日までは、江戸で土方仕事をしてたくせに。

迅助　だから、新選組に入ったんです。武士として生まれたからには、武士として生きたい。そう思っていた時に、新選組の話を聞いたんです。
つぐみ　じゃ、都へ来たのは、新選組に入るためだったの？
迅助　今まで黙ってて、すいませんでした。でも、俺は最初から決めていたんです。俺は剣術ができるわけじゃない。学問ができるわけでもない。得意なのは、走ることだけ。しかし、武士が飛脚になるわけにもいかない。母が亡くなって、俺とそのは二人だけになった。兄の俺が何とかしなくちゃ、立川家はおしまいになるんです。
たか子　だからって、なぜ新選組なんです。亡くなった母上がお聞きになったら、きっとお嘆きになりますよ。
迅助　俺はもう決めたんです。たとえ切腹になったとしても、武士として死ねるなら本望なんです。
たか子　あなたはそれでいいかもしれません。でも、後に残される人間はどうなるんです。あなたはそのさんの気持ちを少しでも考えたことがあるんですか？
その　兄上、私は応援します。
たか子　そのさん。
その　（迅助に）兄上は、兄上の信じる道を行くのが一番だと思います。それに、今から逃げても切腹だから。
つぐみ　切腹して死ぬぐらいなら、新選組で生きてほしい。そう、そのちゃんは言うのね？
その　ええ。
つぐみ　でも、新選組の仕事は、都の治安を守ること。治安を乱す者とは戦わなければならない。戦って負けたら、死ぬこともあるのよ。

迅助　俺は死にません。
つぐみ　今までみたいに、逃げるわけにはいかないのよ。死にたくなかったら、相手を斬るしかないの。迅助さんに人が斬れる？
迅助　斬れます。俺は武士ですから。
つぐみ　私は医者よ。医者の仕事は、人の命を助けること。人の命を奪う人間には、ここから出ていってほしいわ。
たか子　つぐみさん。
つぐみ　いいですね、父上？
鳩斎　（迅助に）おまえがここに来て、一月になる。その間に、たくさんの病人や怪我人を見てきたはずだ。それでも、命の大切さがわからないのか。
迅助　大切だから守りたいんです。俺の力で。
鳩斎　力を信ずる者は、力によって滅ぼされる。死んでから後悔しても、もう手遅れなんだぞ。
迅助　後悔なんかしません。絶対に。その、荷物を支度しろ。
その　私も行きます。
鳩斎　それはダメだ。迅助はこれから死にに行くんだ。おまえまで道連れにさせるわけにはいかない。さあ、みんな、飯にしよう。

鳩斎・つぐみが去る。迅助がダンダラ模様の羽織を着る。

迅助　その、荷物だ。

その　兄上。

たか子　（迅助に）いつでも逃げていらっしゃい。そんな羽織は脱ぎ捨てて。

迅助　その、早くしろ。

その　兄上。

迅助　もういい。支度は俺がする。

迅助が去る。後を追って、その・たか子が去る。

4

兵庫がやってくる。ダンダラ模様の羽織を着て、本を持っている。

兵庫　元治元年五月二十日。新選組に入隊して、十日が経った。来る日も来る日も、市中の見回りと剣術の稽古。ゴロツキどもの集まりかと思っていたが、隊士は皆、まじめに隊務に取り組んでいる。三鷹の話によると、近々、大きな戦が始まるらしい。確かに、屯所で見かける近藤や土方は、いつも血走った目をしている。勤皇浪士の大物でも、網に引っかかったのか。

銀太夫がやってくる。

銀太夫　山崎さんからの報告です。（手紙を開いて）「河原町の旅館・池田屋に、脱藩浪人がしきりに出入りしている模様」

兵庫　山崎とは、新選組監察の山崎烝。我々のように隊には属さず、町人に化けて情報収集を行っている男だ。六月二日、山崎は薬屋に化けて、池田屋に潜入した。

銀太夫　「下屋敷の奥の間に、宮部を発見」

兵庫　宮部とは、肥後浪人の宮部鼎蔵。京都に潜伏している勤皇浪士の、指導者と目されている男だ。六月四日、その宮部の部屋に、一人の町人がやってきた。

銀太夫　「次の人物を至急詮議されたし。四条寺町の古道具屋・桝屋喜右衛門」

兵庫　六月五日未明、沖田を始めとする三十人の隊士が、桝屋を襲撃。主の喜右衛門を捕らえて、屯所に連行した。が、いかなる尋問に対しても、喜右衛門は黙したまま。怒り狂った土方は、喜右衛門を逆さに吊るし、両足の甲に五寸釘を打ちつけ、そこに蠟燭を立てた。さすがの喜右衛門もこの拷問には耐えきれず、ついに口を割った。

銀太夫が去る。
元治元年六月五日、夕。京都洛外壬生村、新選組屯所。
沖田がやってくる。反対側から、土方がやってくる。

沖田　桝屋のやつ、吐きましたか？　まさか、殺したんじゃないでしょうね？

土方　殺すだけじゃ足りねえな。

沖田　何かわかったんですね？

土方　あいつ、近江の生まれだとよ。本名は古高俊太郎。長州の浪人どもとつるんで、何を企んでいたと思う。

沖田　誰かの暗殺ですか？

土方　そんなもんじゃねえ。やつら、御所を焼き払うつもりだったんだ。

沖田　御所を？

土方　期日は六月二十日あたり。風が強い日を選んで、火をつける。驚いて参内した公卿や幕閣を次々と血祭りに上げる。当然、大騒ぎになるだろう。その騒ぎに紛れて、帝を長州へお連れする。

沖田　信じられない。本気でそんな事を考えてるんですか？

土方　嘘だと思うなら、古高に聞いてみろ。もう口をきく力は残ってねえだろうが。

沖田　古高が我々の手に落ちたことは、長州のやつらも知ってますよね？

土方　ああ。

沖田　計画を早めるということはないでしょうか？　古高の口から洩れる前に。

土方　総司、今日がどういう日か知ってるか。

沖田　祇園祭りの宵山です。

土方　都の人間は、この日が来るのを一年も待ってたんだ。火なんかつけたら、都全体を敵に回すことになる。だいたい、長州のやつらが今でも都にいられるのはなぜだ。町人の中に、やつらの手助けをする者がいるからじゃねえか。やつらだって、それを忘れるほど馬鹿じゃねえ。

沖田　しかし、一刻も早く手を打たないと。

土方　まあ、落ち着け。やつらの根城は、古高から聞き出した。やはり池田屋、そして丹虎《たんとら》。

沖田　山崎さんの報告通りだ。

土方　やつらは今夜、そのどちらかに集まるはずだ。古高を奪い返すか、計画を一から考え直すか、雁首揃えて話し合うためにな。そこを襲って、皆殺しにしてやるのさ。

沖田　人手が要りますね。

土方　敵はせいぜい二、三十人だ。俺たちだけで何とかなる。

沖田　しかし、隊士の半分は、大坂へ行ってるんですよ。残った人たちも、半分近くが暑さにやられて寝込んでいます。とても二手に分かれて踏み込む人数は。

土方　とりあえず、近藤さんと相談だ。どうせ、やると言うだろうが。

土方・沖田が去る。

兵庫　話を聞いた近藤は、直ちに守護職と所司代に報告。合同で襲撃する手筈を整えた。新選組は守護職のお預かり、つまり単なる雇われ部隊に過ぎない。勝手に行動すれば、隊を解散させられる可能性もあった。出撃は戌《いぬ》の刻、今の午後八時に決まった。百人近くいる隊士のうち、この日の戦いに参加したのは、わずか三十人余り。近藤はその三十人を、祇園の会所に集結させた。

夜。京都洛外祇園、会所。
迅助がやってくる。

迅助　兵庫、こんな所で何をしてるんだ？

兵庫　別に。

迅助　わかってるよ、本を読んでたんだろう？　おまえってやつは、本当に本が好きだな。さすがは学者の息子だ。感心感心。
兵庫　うるせえな。あっちへ行けよ。
迅助　そろそろ亥《い》の刻だぞ。出陣の支度をした方がいいと思うけどな。
兵庫　何が出陣だ。約束の刻限はとっくに過ぎてるのに、会津のやつら、一人も姿を現さねえじゃねえか。
迅助　向こうは人数が多いからな。支度に手間取ってるんだろう。
兵庫　馬鹿。やつらは始めから、来る気がねえんだ。戦は俺たちに任せて、高見の見物をするつもりなんだよ。そんなこともわからねえとは、近藤のやつ、よっぽどのお人好しだぜ。
迅助　こら、近藤先生の悪口を言うな。しかも、呼び捨てで。
兵庫　事実を口にして、何が悪い。
迅助　確かに、おまえには学問がある。おまえから見たら、新選組は馬鹿の集まりかもしれない。しかし、そのおまえだって、今は新選組の一員なんだ。近藤先生は局長で、おまえはただの平隊士なんだ。
兵庫　（通りを見て）凄い人出だな。
迅助　聞いてるのか？　俺は、身分をわきまえろって言ってるんだ。
兵庫　見ろよ、いい女だぜ。
迅助　（通りを見て）本当だ。噂には聞いてたけど、本当に賑やかな祭りだな。
兵庫　こんな所で斬り合いをしてみろ。罪もない町人が、巻き添えを食って死ぬことになるぞ。そんなことも、近藤にはわからねえんだろうが。

迅助　だから、呼び捨てはやめろって。

そこへ、沖田がやってくる。

沖田　お二人とも、待ちくたびれましたか。

迅助　いいえ、全然。

沖田　私は正直言って、くたびれました。しかし、我々はこれから人を斬りに行くんです。くれぐれも、気を引き締めてくださいよ。

兵庫　迅助、おまえは初めてだろう、人を斬るのは。

沖田　（迅助に）ためらったら、負けですよ。目が合ったら、相手が抜く前に斬るんです。そうしないと、あなたが斬られますよ。

迅助　わかってます。

そこへ、土方・銀太夫がやってくる。

土方　総司、出発だ。

沖田　会津の軍は待たないんですか？

銀太夫　近藤先生のご決断なんです。これ以上待っても、仕方ないと。

沖田　私はどっちへ行けばいいんです。池田屋か丹虎か。
土方　おまえは近藤さんと池田屋だ。立川、小金井、おまえらも一緒に行け。
沖田　土方さんは？
土方　残りを連れて、丹虎へ行く。三鷹、おまえもだ。
銀太夫　腹が。腹が圧倒的に痛い。
沖田　大丈夫ですか、三鷹さん？
銀太夫　こんな時にすいません。今朝から、腹の調子が悪くて。
沖田　無理をしないで、屯所へ帰ったらどうです。
銀太夫　そういうわけにはいきません。私がいなくなったら、それだけ戦力が落ちる。
沖田　じゃ、何とか我慢してください。さあ、行きましょう。
銀太夫　腹が。腹が神秘的に痛い。
沖田　あなた、本当は行きたくないんじゃないですか？
銀太夫　とんでもない。しかし、私が行っても、大して役には立たないでしょうね。何しろ、私は勘定方ですから。
土方　そんなことはない。おまえには、最初に中へ飛び込んで、敵の数を勘定してきてもらう。さあ、行くぞ。

土方・銀太夫が去る。

沖田　私たちも行きますか。

迅助　はい。

兵庫　午後十時。俺たちは、祭りで浮かれる人々の波をかきわけて、池田屋に到着した。玄関に潜んでいた山崎が、二階に浪人どもが集まっていると報告。その数、およそ三十。近藤は即座に配置を決めた。近藤と沖田が二つの階段からそれぞれ斬り込み、残りは一階を固めるのだ。

京都洛中、池田屋。

沖田　誰か、丹虎へ行って、土方さんに知らせてください。

兵庫　俺が行きましょう。

沖田　まさか、逃げるつもりじゃないでしょうね?

兵庫　見損なわないでください。

沖田　冗談ですよ。あなたはなかなかの使い手だ。ここにいて、逃げてくるやつを捕まえてください。

迅助　じゃ、俺が行きます。

沖田　お願いします。敵の数は味方の四倍です。近藤先生は平気だって言ってるけど、もしものことがある。

迅助　任せてください。俺は足には自信がありますから。

迅助が走り出す。沖田が刀を抜いて走り去る。

兵庫 すぐに、近藤の気合の入った掛け声が聞こえてきた。階段を転げ落ちる音もする。とうとう戦いが始まったのだ。

京都洛中、丹虎。
迅助が立ち止まる。

迅助 土方先生！　土方先生！

そこへ、土方が飛び出す。

土方 やはり池田屋か。
迅助 はい。三十人ばかりいるようです。
土方 すぐに行く。先に戻ってろ。

土方が走り去る。迅助が走り出す。

兵庫 丹虎を飛び出した迅助は、池田屋とは別の方角へ走り出した。もちろん、逃げたのではない。

37　風を継ぐ者

御池通を西へ二千メートル、堀川通を北へ八百メートル、丸太町通を西へ二百メートル走ると、所司代屋敷だ。出動を渋っていた所司代に、必死の形相で訴え、すぐに駆けつけると約束させた。今度は、丸太町通を東へ二千メートル、鴨川を渡って北へ五百メートル走ると、守護職・松平《まつだいら》容保《かたもり》の住む、会津藩邸だ。そこでも出動を訴え、鴨川沿いに南へ千五百メートル走り、たちまち池田屋へと帰ってきた。走行距離は、およそ七千メートル。所要時間は、なんと十八分。

　京都洛中、池田屋。
　迅助が立ち止まる。

兵庫　どこへ行ってたんだ。土方の方が先に着いたぞ。
迅助　ちょっと寄り道をしてきたんだ。
兵庫　寄り道って？
迅助　そんなことより、中の様子はどうだ。
兵庫　わからん。土方が来たから、大丈夫だとは思うが。

　そこへ、土方がやってくる。刀を抜いている。

土方　小金井、おまえも中に入れ。

迅助　遅くなりました。
土方　立川、貴様、逃げたかと思ったぞ。
迅助　所司代殿と守護職殿に、敵は池田屋だと知らせてきました。
兵庫　嘘をつくな。所司代屋敷は二条城の先だぞ。こんなに早く戻れるもんか。
迅助　でも、本当に行ってきたんだ。（土方に）所司代殿も守護職殿も、すぐにこちらへ向かってくださるそうです。

土方が迅助を殴りつける。迅助が倒れる。

兵庫　何をするんです。
土方　（刀を迅助に向けて）余計なことをしやがって。今さら、やつらの助けなどいらん。やつらは、俺たちを見殺しにしようとしたんだぞ。
兵庫　本当に余計なことでしょうか。
土方　何だと？
兵庫　近藤先生が新選組だけで戦わず、所司代殿や守護職殿と戦おうとしたのは、何のためです。この戦を、ご公儀が認めた正式な戦にするためではないですか。
土方　黙れ。
兵庫　たとえ戦に勝っても、あの方々が来なければ、意味がないんです。新選組がまた勝手に暴れたと言われるだけです。

迅助　兵庫、やめろ。
兵庫　（土方に）どうか、よくお考えください。こいつは新選組のために走ったんです。
土方　やつらが認めようが認めまいが、俺の知ったことか。新選組は誠のために戦うだけだ。

そこへ、銀太夫が飛び出す。

銀太夫　土方先生！　二階の屋根から逃げたやつがいます！
土方　（兵庫に）おまえが行け。一人も生きて帰すな。

土方・銀太夫が走り去る。反対側へ、迅助・兵庫が走り去る。
京都洛中、池田屋の裏。
宇部鋼四郎・小野田鉄馬が飛び出す。二人とも、刀を抜いている。

小野田　宇部さん、わしはやっぱり戻ります。
宇部　やめちょけ。今、戻ったら、犬死にするだけじゃ。
小野田　じゃけど、中には徳山さんが。
宇部　おまえ、見ちょらんかったんか？　徳山は死んだんじゃ。わしらを逃がすために、沖田に斬られて死んだんじゃ。
小野田　じゃったら、わしらも死にましょう。沖田のやつを道連れにして。

宇部　徳山はわしらに何ちゅうた。「美祢を頼む」っちゅうたのを、聞いちょらんかったんか。(膝をつく)

小野田　宇部さん、怪我をしちょるんですか？

宇部　かすり傷じゃ。わしのことは気にせんで、さっさと藩邸へ走れ。

そこへ、迅助・兵庫が飛び出す。

迅助　止まれ！　新選組だ！

兵庫　(宇部たちに) 抜くな。抜いたら、斬り合いになる。下手をすると、死ぬことになるぞ。

小野田　望むところじゃ！

小野田が兵庫に斬りかかる。兵庫がかわす。宇部が兵庫に斬りかかる。兵庫がかわす。宇部が迅助に斬りかかる。迅助が倒れる。小野田が迅助に斬りかかる。兵庫が小野田の刀を払う。宇部が兵庫に斬りかかる。兵庫がかわす。そこへ、沖田が飛び出す。

沖田　二人とも、下がって。

小野田　沖田、貴様！

小野田が沖田に斬りかかる。沖田がかわす。宇部が沖田に斬りかかる。沖田がかわす。沖田が宇部に斬りかかる。と、沖田が口元を押さえてしゃがみ込む。

迅助　沖田さん！

迅助が沖田に駆け寄る。小野田が沖田に斬りかかる。が、宇部が小野田の肩をつかむ。宇部・小野田が走り去る。

迅助　待て！　兵庫、行こう！
兵庫　馬鹿野郎、沖田さんを置いていけるか。
迅助　（沖田の袖を見て）血だ。沖田さん、血を吐いたんですか？
兵庫　とりあえず、横になった方がいい。迅助、手伝え。
迅助　しかし、土方先生は一人も生きて帰すなって。
兵庫　だったら、おまえ一人で行け。おまえ一人で、やつらに勝てるなら。
迅助　しかし――
兵庫　長生きしようぜ、迅助。

兵庫が沖田を抱えて去る。後を追って、迅助も去る。

5

元治元年六月十二日、昼。京都洛中、桃山診療所。
つぐみがやってくる。湯呑みの水でうがいをする。そこへ、たか子がやってくる。

たか子 つぐみさん。
つぐみ （水を飲んでしまい、むせて）はい、何ですか？
たか子 まずかったでしょう？　私が作ったお芋の煮っころがし。
つぐみ いいえ、全然。私はちょっと喉が渇いただけで——
たか子 まずかったでしょう？
つぐみ はい、とてつもなく。
たか子 ごめんなさい。
つぐみ いいんですよ。でも、そのちゃんならともかく、叔母上がしくじるなんて珍しいですね。何か考え事でもしてたんですか？
たか子 ええ。ちょっと気になる話を聞いたものですから。それでつい、サトイモとサツマイモを間違えちゃって。

つぐみ　気になる話って、何ですか？

たか子　実は、迅助さんのことなんですけど——

そこへ、そのがやってくる。湯呑みの水でうがいをする。

つぐみ　そのちゃん。

その　（水を飲んでしまい、むせて）はい、何ですか？

つぐみ　ちょうどいい所へ来たわ。叔母上が迅助さんのことで話があるって。

その　（たか子に）兄上から、何か報せがあったんですか？

たか子　いいえ。あれから一月も経つのに、顔も出さなければ、手紙もよこさない。一体何をしてるのかしら。

つぐみ　でも、さっき気になる話を聞いたって。

たか子　（そのに）別に大した話じゃないんですよ。昨日、出入りの魚屋さんが、迅助さんに似た人を見かけたんですって。それで、「迅助さん」て声をかけたら、「ヒヒーン」て。よくよく見たら、馬でした。チャンチャンと。

その　私には話せないようなことなんですか？

たか子　そういうわけじゃないんですけど。

つぐみ　そのちゃんだって、もう子供じゃないんですよ。下手に隠し立てするより、正直に話したらどうですか？

たか子　でも、私が聞いたのは、ただの噂ですから。
その　話してください。
たか子　魚屋さんが言ってたんです。七日前の池田屋騒動で、新選組からも三人出たって。
その　何がですか？
たか子　死人が。
つぐみ　まさか、その中に迅助さんが？
その　（泣き出す）
たか子　泣かないで、そのさん。その三人の中に迅助さんがいたかどうかは、わからないんですから。
つぐみ　（そのに）そうよ。それに、池田屋にいた浪人たちは、七人も死んだのよ。ということは、新選組の方が圧倒的に強かったってわけ。その中に、迅助さんがいたと思う？　私はいなかったと思うな。
その　そうでしょうか？
たか子　そうですそうです。もしいたとしても、迅助さんのことですもの。浪人たちに斬られる前に、逃げたはずです。池田屋の中を、グルリグルリと走り回っていたに違いありません。

そこへ、迅助・沖田がやってくる。

つぐみ　いやだ。心配しすぎたせいか、迅助さんの幻が見える。
迅助　どうも。

たか子　私にも見えます。声まで聞こえます。

迅助　お久しぶりです、叔母上。つぐみさん。その。

その　兄上！

つぐみ　（迅助に）やっぱり幻じゃなかったのね？

その　（迅助に）生きてたんですね？　よかった。（泣き出す）

迅助　泣くな、その。俺がそう簡単に死ぬわけないだろう。（そのに歩み寄る）

たか子　そこまで！

迅助　何ですか、叔母上。いきなり大きな声を出して。

たか子　そこから一歩でも中に入ってごらんなさい。手術用の小刀で、心の臓を取り出しますよ。

迅助　物騒なこと言わないでくださいよ。久しぶりに帰ってきたのに。

たか子　私は逃げていらっしゃいと言ったんです。そんな羽織は脱ぎ捨てて。

つぐみ　（迅助に）趣味の悪い羽織が、すっかり板についてきたわね。そちらは迅助さんのお仲間？

迅助　そうです。俺が今日ここへ来たのは、他でもありません。この人を、叔父上に見てもらおうと思いまして。

たか子　（沖田に）申し訳ありませんけど、他へ行っていただけませんか？　ウチの診療所は町人しか見ないことになっておりますので。

迅助　病人に武士も町人もないでしょう。

たか子　もちろん、急病人なら、どなた様でもお引き受けします。しかし、壬生浪は別です。

沖田　新選組がお嫌いなんですか？

たか子　好きな人などいるものですか。

沖田　確かに、新選組の中には乱暴な人もいます。しかし、多くの隊士は、都の治安を守るために、必死で戦ってるんです。

たか子　そのやり方が乱暴だって言ってるんです。この前だって、勤皇の志士を七人も殺したりして。

迅助　殺さなければ、こっちが殺されてたんです。沖田さんがいなかったら、俺は今頃、この世にいませんでした。

たか子　やっぱり沖田ですか。壬生浪の中でも一番の乱暴者だって、評判ですものね。きっと一人で五人も六人も斬ったんでしょう。ああ、恐ろしい。

その　兄上も斬ったんですか?

迅助　いや、俺は斬らなかった。伝令役だったから。

たか子　(そのに)ほらね?　やっぱりグルリグルリと走り回ってたんですよ。

沖田　とんでもない。立川さんは大手柄を立てたんです。新選組が朝廷から褒賞金を頂戴できたのは、みんな立川さんのおかげなんです。

つぐみ　じゃ、あなたは?　あなたは人を斬ったの?

たか子　この人は病人なんですよ。きっと、見張りでもしてたんでしょう。

迅助　何を言ってるんですか。この人は今、言っていた――

沖田　(たか子に)そうです。私は見張りだったんです。私は剣術が弱いし、立川さんのように足が速いわけでもない。何の役にも立たない男なんです。

つぐみ　お名前は?

沖田　三鷹銀太夫と言います。
迅助　え？
つぐみ　三鷹さん、あなた、顔色がよくありませんね。おなかでも壊してるんですか？
沖田　実は、血を吐いたんです。
つぐみ　いつ？　どれぐらい？
沖田　七日前です。大した量ではありませんでしたが。
迅助　いいえ、たくさん吐きました。その、急いで叔父上を呼んでこい。
その　叔父上は留守です。今熊野まで、往診に行っているんです。
迅助　そうか。参ったな。
つぐみ　私が見ますよ。病の見立てなら、得意ですから。
沖田　失礼ですが、あなたは。
つぐみ　桃山鳩斎の娘です。私も医者なんです。
沖田　驚いたな。女子の医者ですか。
つぐみ　女子は信用できませんか？
たか子　（沖田に）つぐみさんは鳩斎の助手をしています。鳩斎がいない時は、一人で診療してるんですよ。
沖田　（迅助に）本当なんですか？
迅助　ええ。患者の中には、叔父上よりつぐみさんの方がいいと言う人もいるぐらいです。
沖田　そうですか。しかし、私は女子が苦手なんです。診療は、また今度来た時にお願いします。

つぐみ　私が信用できないって、はっきり仰ったらいかがです？
沖田　それは誤解です。気を悪くされたんなら、謝ります。
つぐみ　では、こちらに上がって、胸を見せてください。
沖田　それはちょっと……。
迅助　三鷹さん、恥ずかしいんですか？
つぐみ　気にすることないですよ。私は殿方の裸など、飽きるほど見てますから。
沖田　飽きるほど？
つぐみ　当たり前じゃないですか、私は医者なんですから。
沖田　そうですよね。失礼。
つぐみ　さあ、早く胸を見せて。
沖田　しかし、こんな所で……。

そこへ、鳩斎がやってくる。野菜をたくさん持っている。

鳩斎　ハロー・エブリボディー。アイ・アム・ホーム。
たか子　お戻りなさいませ、兄上。何ですか？　手に持っていらっしゃる物は。
鳩斎　ベジタブル。
つぐみ　（たか子に）野菜だって。
たか子　それは見ればわかります。（鳩斎に）まさか、それが診療代だって仰るんじゃないでしょうね？

鳩斎　これだけあれば、十日は野菜を買わずに済むぞ。

たか子　それはそうかもしれませんけど、たまにはきちんと診療代をいただいてくださいまし。そうじゃなかったら、お米とかお魚とか。家は八百屋じゃないんですから。

迅助　叔父上、お久しぶりです。

鳩斎　迅助か。何しに来た。

つぐみ　新選組のお仲間を連れてきたのよ。父上に見てほしいんですって。私じゃなくて。

鳩斎　俺はまだ昼飯を食ってないんだ。おまえがかわりに見てやってくれ。

つぐみ　（沖田に）父はこう言ってますけど、どうしますか？

沖田　わかりました。お願いします。

つぐみ　じゃ、奥へどうぞ。ここでは恥ずかしいみたいだから。

迅助　（沖田に）さあ、脱いで脱いで。男なら、裸で勝負しましょう。ねえ、三鷹さん。

つぐみ・沖田が去る。

たか子　つぐみさんもすっかりお医者様らしくなってきましたね。

鳩斎　俺は、つぐみを医者にするつもりはない。

たか子　だったら、どうして仕事をお任せになるんです。

鳩斎　つぐみがどうしてもやりたいと言うからだ。そんなことより、アイ・アム・ベリー・ハングリー。

たか子　「蛤が食べたい」って仰ったんですね？　残念ですけど、今日のおかずはお芋の煮っころがしですよ。

たか子・鳩斎が去る。

その　兄上も一緒にいかがですか？

迅助　ありがたい。ちょうど腹ペコだったんだ。

その　よかった。おなかが空いていれば、何を食べてもおいしいですもんね。

迅助　どういう意味だよ。

その　食べてからのお楽しみです。

迅助・そのが去る。

6

元治元年七月五日、夜。大坂天満橋、秋吉剣作宅。
秋吉剣作・宇部・小野田がやってくる。剣作は旅装をしている。

小野田 どねえしたんですか、秋吉さん。
剣作 何が。
小野田 えらい恐ろしい顔をしちょる。わしゃあ、秋吉さんのそねえな顔、初めて見た。
剣作 疲れちょるだけです。京から大坂まで、休まんと歩いてきたけえ。宇部さんはどうです。足の傷の方は。
宇部 はあ、治っちょる。そねえなことより、都の様子はどうじゃった。
剣作 福原殿は伏見の長州藩邸、来島殿は嵯峨の天竜寺に陣を敷きました。総勢三千の長州軍が都を包囲した形です。
小野田 そいなら、いつ戦が始まってもおかしゅうないっちゅうことですか?
剣作 それはわかりません。来島殿は「今すぐ御所へ攻め込め」と息巻いちょってじゃが、「まずは幕府の出方を見てから」という意見が大半です。そんな中で、桂殿一人が「長州へ帰れ」と

小野田　説いて回っています。
宇部　また桂殿ですか。あの人は、何かっちゅうと、慎重論じゃ。
剣作　去年の八月以来、わしらは煮え湯を飲まされ続けてきた。もはや、戦う以外に道はないんじゃ。
宇部　しかし、私は、桂殿のお考えもわかる気がします。今、幕府と戦ったら、長州は帝に楯突いた逆賊っちゅうことになる。
剣作　帝に楯突くつもりはない。わしらは、帝を意のままに操っちょる、会津や薩摩が許せんのじゃ。
小野田　それは、私も同じです。
剣作　じゃったら、答えは一つしかない。秋吉さん、あんたも武士なら、わしらと一緒に軍に加わりましょう。
　しかし……。

そこへ、美祢がやってくる。

美祢　剣作、お風呂の支度ができましたよ。
剣作　ありがとうございます。宇部さんたちに話をしてから、いただきます。
小野田　美祢殿、一つ聞いてもええですか。
美祢　何でしょう。

小野田　あなたの弟さんは武士ですか。それとも、絵描きですか。
美祢　そんなの、決まっとるじゃないですか。
小野田　武士ならば、己がこうと決めた道を進むべきです。それを邪魔する者があったら、命を懸けて戦うべきです。しかし、この人にゃあ、道というものがないんと違いますか。
美祢　なんでそんなことを仰るんです。
宇部　秋吉が自分の考えをはっきり言わんけえじゃ。
小野田　（美祢に）絵描きなら、それでええかもしれん。じゃけど、秋吉家は、京都藩邸御一任役を任されたお家柄ではないですか。
剣作　私は秋吉家を出た人間です。父の跡を継ぐことより、絵を描くことを選んだんです。だからと言って、武士であることまで辞めたわけではないが。
小野田　またわけのわからんことを言う。世話になっちょって、こねえなことを言うのは気が引けるんじゃが、わしゃあ、時々、あんたを叩っ斬りとうなるわ。
美祢　勘弁しちゃってくださいね。剣作に死なれたら、私は今度こそ天涯孤独になってしまいます。
小野田　失言でした。申し訳ない。
美祢　いいえ。お酒でもお持ちしましょうか？
剣作　姉上。暫くの間、私たちだけにしてもらえませんか。
美祢　大事なお話ですか？
剣作　ええ。
宇部　何じゃ、改まって。

剣作　宇部さんと小野田さんに、どうしてもお願いしたいことがあるんです。
小野田　武士としてですか、絵描きとしてですか。
剣作　武士としてです。
宇部　よし、聞こう。
剣作　姉上。
美祢　私にも聞かせてください。
剣作　しかし――
宇部　構わんじゃろう。美祢殿は秋吉より、よほど武士らしいぞ。長州が都を追われた時も、国元へ帰らずに残ったんじゃけえのう。女子《おなご》にしとくのは、もったいないぐらいじゃ。
美祢　私は夫に従っただけです。
宇部　徳山はあなたに帰れっちゅうたはずじゃが。
小野田　わしもそう聞いちょりました。じゃけど、美祢殿は帰らんかった。
美祢　私のことはええじゃないですか。剣作の話を聞いてやってください。
宇部　秋吉、話してみい。
剣作　実は、私が京へ行ったのは、他にも目的があったんです。長州軍の動きを知ることの他に。
小野田　何ですか、それは。
剣作　沖田を殺すつもりでした。
小野田　沖田を？
剣作　義兄の仇が討ちたかったんです。しかし、殺すどころか、近づくこともできんかった。池田

宇部　屋の残党狩りで、他の隊士と走り回っていたからです。
剣作　そいで、諦めたっちゅうわけか。
美祢　諦めちょりません。必ずこの手で殺してやります。
剣作　なんて馬鹿な事を。
美祢　姉上は悔しくないんですか？　義兄上はやつのせいで、犬死にしたんですよ。
あなたの気持ちはわかります。しかし、沖田は新選組随一の使い手なんでしょう？　そんな人が簡単に殺せるわけないではないですか。
剣作　だから、宇部さんと小野田さんの力を借りたいんです。
宇部　わしらに沖田をやれっちゅうんか。
剣作　姉上の仰る通り、私一人ではやつに太刀打ちできません。しかし、お二人に助けてもらえれば、あるいは。
小野田　そりゃあ、徳山さんの仇を討ちたいのは、わしも同じですが。
宇部　やつらは群れるけえの。沖田一人を狙うのは難しいじゃろう。
剣作　新選組の屯所に出入りしている魚屋に聞いたんですが、やつは非番の日にどこかへ出かけちょるそうです。
宇部　一人でか。
剣作　いいや、別の隊士と二人で。そこを三人で襲えば、何とかやれると思います。
小野田　どねえですか、宇部さん。
剣作　（土下座して）この通りです。義兄は、徳山左近は、私にとってかけがえのない人でした。私を実の弟以上にかわいがってくれました。私の絵が売れない間、断っても断っても仕送りを続けてくれました。そんな人が、己の志を遂げる前に、私が恩に報いる前に、殺されたんです。このままでは、私の気持ちがおさまりません。どうか、どうかやると仰ってください。

美祢 剣作、やめんさい。

剣作 （宇部に）お願いします。

小野田 宇部さん。

宇部 わしゃあ、断る。

剣作 なぜです。

宇部 確かに、わしも沖田は許せん。今すぐにでも京へ行って、叩っ斬ってやりたいぐらいじゃ。

剣作 それなら――

宇部 しかし、今、わしらがやらんにゃあいけんことは何じゃ。長州の汚名を晴らすことじゃろうが。会津や薩摩の手から、帝をお救いすることじゃろうが。

小野田 わしらの敵は幕府じゃ。新選組じゃあない。

宇部 ましてや、沖田なんちゅう野良犬じゃあない。沖田を斬りゃあ、おまえの気は済むじゃろう。じゃけど、そりゃあただの私怨に過ぎん。

小野田 宇部さんの話を聞いて、ようわかりました。憎しみやら恨みやらじゃ、天下を動かす事はできんちゅうことですね？

宇部 じゃけえゆうて、沖田を許そうっちゅうわけじゃあない。幕府を倒した後で、必ず決着をつけちゃけえのう。

剣作　それでは、私にどうしろと。

宇部　絵を描いちょりゃあええ。それとも、わしらと軍に加わるか？

剣作　それは……。

宇部　沖田は殺しとうても、戦はしとうないんじゃろう。そいなら、おとなしゅうしちょけ。小野田、出発するぞ。

小野田　（美祢に）いろいろお世話になりました。戦が済んだら、必ずここへ戻ってきます。それまで、お元気で。

宇部・小野田が去る。

美祢　宇部さんたちを恨んではいけませんよ。

剣作　わかっちょります。

美祢　あの方たちは、長州のために戦っているんです。徳山がそうだったように。あなたは、あなたにしかできないことをやるだけです。

美祢・剣作が去る。

7

元治元年七月十八日、昼。京都洛外壬生村、新選組屯所。
迅助がやってくる。武装して、本を読んでいる。

迅助　「近藤は何かにつけて、『武士は東国に限る』と言う。武州出身の近藤には、『板東武者こそ本物の武士』という信念があるのだろう。が、近藤はもともと農家の生まれ。土方もそうだし、沖田も父の代までは白河藩士だったが、本人が生まれた頃は百姓をしていた。武士でないからこそ、武士に憧れる。それが彼らの強さになっているのだろう」……何だ、こりゃ？

そこへ、兵庫がやってくる。武装している。

兵庫　見たな。（本を奪い取る）
迅助　それ、おまえのだったのか？
兵庫　（本を差し出して）ここに、「小金井」と書いてあるだろう。他人の日記を勝手に読みやがって。一体どこまで読んだんだ。

迅助　ちょっとだけだよ。そうか。おまえが毎日読んでたのは、日記だったのか。

兵庫　これが、俺のたった一つの道楽なんだ。いつでもこいつを持ち歩いて、何か思いついたら、すかさず書き留める。

迅助　なるほどね。でも、日記にしては、何だか変な感じだったな。

兵庫　変な感じ？

迅助　なんて言ったらいいか、誰かに話しかけてるみたいだった。

兵庫　何年か経ったら、読み返すかもしれねえだろう？　その時の自分に向かって、語りかけてるのさ。

迅助　気持ち悪いやつだな。

そこへ、沖田がやってくる。武装している。

沖田　お二人とも、何をのんびりしてるんです。支度ができたら、すぐに陣へ行きましょう。

兵庫　あれ？　沖田さんも行くんですか？

沖田　当然でしょう。どうしてそんなことを聞くんです。

兵庫　いや、体の具合はどうなのかと思って。まだ、医者に通ってるんでしょう？

沖田　もうほとんど治ってるんです。酒の飲み過ぎで、胃が悪くなっただけですから。

迅助　そうだったんですか。つぐみさんが何も教えてくれないから、心配してたんですよ。もっと重い病なんじゃないかって。

沖田　あの人は大げさすぎるんですよ。こっちは隊務で忙しいのに、「三日に一度は来なさい」なんて。お二人とも、私が医者に通ってることは、土方さんに言わないでくださいね。「おまえの心がけが悪いからだ」って、叱られますから。

そこへ、土方・銀太夫がやってくる。二人とも、武装している。

銀太夫　あなたたち、まだいたんですか？　ここでのんびりしている間に、戦が始まったらどうするんです。
迅助　すいません。兵庫、行こう。
土方　待て。
兵庫　何でしょう。
土方　おまえじゃねえ、立川の方だ。一つ聞きたいことがある。
銀太夫　土方先生。隊に関することでしたら、まず初めに私に聞いてください。
土方　おまえにはわからねえことだ。
銀太夫　私は勘定方ですよ。隊士一人一人の懐具合から女関係まで、知らないことなど一つもありません。
土方　じゃあ聞くが、おまえ、総司の様子をどう思う。
銀太夫　沖田さんですか？　好きですよ。土方先生みたいに私を苛めたりしないし。いや、これは別に、土方先生が嫌いだと言っているわけではなくて。

土方　馬鹿。俺はそういう意味で聞いたんじゃねえ。
沖田　じゃ、どういう意味で聞いたんです。
土方　立川、おまえなら答えられるだろう。近頃、総司の様子がおかしいとは思わねえか。
沖田　私はいつもの通りですよ。ねえ、立川さん？
土方　とぼけるんじゃねえ。おまえと立川は真っ昼間、屯所を抜け出して、どこかへ行ってる。一体どこへ行ってるんだ。答えろ。
沖田　それは……。
銀太夫　ひょっとして、犬の散歩に行ってるんじゃないですか？　困るなあ、沖田さん。屯所はみんなのものなんですよ。あなたが犬を飼ったら、みんなが迷惑するじゃないですか。かわいそうだけど、犬は遠くに捨ててきてください。ねえ、土方先生？
土方　俺はおまえを遠くに捨ててきてえよ。どうなんだ、総司。
沖田　……。
土方　俺たちの仲じゃねえか。隠し事はなしにしようや。女ができたならできたって、正直に言え。
沖田　え？
土方　その顔は図星だな？　大方、祇園の女だろう。おまえと立川が四条通を歩いてるのを見たやつがいるんだ。東へ真っ直ぐ行けば、祇園じゃねえか。一体どんな女だ。ちゃんと俺に報告しろ。
沖田　ええと、なんて言ったらいいか。
土方　言葉にならねえほど、いい女ってわけか。殴るぞ、この野郎。しかし、総司。いくら惚れて

沖田　るからって、昼間っから行くのは、感心しねえな。第一、体がもたねえ。少しは我慢すること覚えねえと。

土方　わかりました。気をつけます。

沖田　近藤さんには黙っておいてやる。だから、今度、紹介しろ。さあ、ぐずぐずしてる暇はねえ。行くぞ、おまえら。

土方が去る。後を追って、銀太夫も去る。

迅助　否定する暇が全くなかった。

兵庫　（沖田に）いいんですか、誤解されたままで？

沖田　心配されるより、気が楽ですから。さあ、私たちも行きましょう。

沖田が去る。後を追って、迅助も去る。

兵庫　元治元年七月十八日。新選組は屯所を出て、勧進橋の手前に陣を構えた。勧進橋は京都の南の玄関口。南へ三キロ行けば、伏見に着く。伏見の長州藩邸に陣を構えた、福原越後の軍を迎え撃つ。これが、新選組に与えられた使命だった。京都を包囲した長州軍は、総勢三千。それに対する幕府軍は、総勢四万。数から行けば、幕府軍が負けるわけがなかった。

元治元年七月十九日、朝。京都洛外、勧進橋。
迅助・土方・銀太夫がやってくる。

迅助 夜が明けてきましたね。
土方 おかしいな。静かすぎる。
銀太夫 長州のやつら、諦めて、国元へ帰ったんじゃないですか？
土方 そんなはずはねえ。桂や福原ならともかく、あの来島が何もせずに帰ると思うか？
銀太夫 来島又兵衛ですか。あの人の陣は嵯峨の天竜寺でしたよね？　とすると、都の西から攻めてくるわけだ。ひょっとすると、すでに戦になってるのかもしれませんよ。
土方 だったら、なぜ伝令が来ない。
銀太夫 伝令も出せないほど、攻め込まれているとしたら。
土方 立川、御所の様子を見てこい。夜が明ける前に、戻ってくるんだ。
迅助 わかりました！

迅助が走り出す。

兵庫 迅助は走った。竹田街道を北へ六百メートル、西国街道を西へ四百メートル、烏丸通を北へ二千六百メートル走ると、御所の方角から火の手が見えた。さらに北へ千四百メートル走り、ついに御所に到着した時、迅助は聞いた。蛤御門の方角から、大砲の音が鳴り響くのを。迅助は踵を返し、勧進橋まで一気に走った。走行距離は、およそ一万メートル、所要時間は、なんと二十五分。

迅助が立ち止まる。

銀太夫 もう戻ってきたんですか？

土方 (迅助に) どうだった、御所の様子は。

迅助 燃えていました。来島の軍が蛤御門から突入したようです。

土方 直ちに移動だ。立川、貴様が先頭を行け。

迅助 はい！

土方・銀太夫・迅助が去る。

兵庫 が、新選組が蛤御門に到着した時には、すでに戦いは終わっていた。迅助が聞いた砲声は、最新式の兵器を持つ、薩摩軍のものだった。薩摩軍の到着によって、形勢は一気に逆転。来島が銃弾に倒れ、長州軍は残らず敗走した。事態は、桂の恐れていた通りになったのだ。やがて、御所を焼いた火が、京都の市中に燃え広がった。三万近くの民家が、なすすべもなく焼け落ちた。近藤は屯所を避難所として開放したが、京都の人間は一人も近寄ろうとしなかった。

夜。京都洛外壬生村、新選組屯所。
迅助が走ってくる。

迅助 何だよ。また日記を書いてるのか？
兵庫 ああ、何だか眠れなくてな。近藤たちは。
迅助 今、お休みになった。今日は一日、走りっぱなしだったからな。
兵庫 一番走ったのは、おまえじゃねえか。さてと、俺たちも寝るとするか。
迅助 その前に、もうひとっ走りしてこよう。
兵庫 どこへ。
迅助 決まってるだろう？　家を焼け出された人たちを、助けに行くんだよ。
兵庫 そんなことは町方に任せておけばいいんだ。
迅助 俺たち、新選組の仕事は何だ。都の治安を守ることだろう？　いいから、俺についてこい。
兵庫 しかし、俺は疲れてるんだ。
迅助 馬鹿。おまえのその二本の足は何のためにあるんだ。さあ、行くぞ。

迅助が走り去る。

兵庫 迅助の足は走るためにあるのかもしれない。が、俺は違う。走る暇があったら、一文字でも多く何かを書きたい。が、その時、俺が書きたかったのは、他でもない。迅助のことだった。
俺は迅助の後を追って、燃え盛る京都の町へと向かった。

兵庫が去る。
京都洛中、押小路通。
宇部・小野田がやってくる。

小野田 どねえしますか、宇部さん。
宇部 わしゃあ、国元へは戻らん。ここに残るけえのう。
小野田 残って、何をするんです。長州ははあ、おしまいです。
宇部 そねえなこたあなかろうが。国元にゃあ、藩士がまだ五万とおる。そいつらが一人残らず討ち死にするまで、長州は戦い続けるんじゃ。
小野田 じゃったら、わしらも国元へ戻りましょう。
宇部 わしゃあ残る。残って、幕府の動きを探る。戦に勝つためにゃあ、敵の動きを知っちょかんとな。
小野田 じゃけど、どこかに身を隠さんことにゃあ。
宇部 おまえ、忘れたんか。美祢殿に言うたことを。
小野田 そうじゃった。必ず戻るっちゅうて約束したんじゃ。

そこへ、迅助が走ってくる。

迅助　あ、おまえら。
小野田　貴様！
宇部　抜くな。そいつは雑魚じゃ。斬っても、何の得にもならん。
小野田　じゃけど、宇部さん。
宇部　今は力を蓄えちょくんじゃ。次に戦う時のためにのう。さあ。

宇部・小野田が去る。そこへ、兵庫が美祢を支えてやってくる。

兵庫　迅助！　手を貸せ！
迅助　その人、怪我をしてるのか？
兵庫　向こうの通りに倒れてた。焼けた柱が、足の上に落ちてきたらしい。
美祢　すみません、ご面倒をかけて。
迅助　困った時はお互い様じゃないですか。家はどこです？
兵庫　大坂だそうだ。ご主人の墓参りに来て、巻き込まれたんだとさ。
迅助　（美祢に）それは災難でしたね。この近くに、私の親戚がやってる診療所があります。そこへお連れしましょう。
美祢　しばらく休みゃあ、大丈夫です。どうか、私のこたあ構わんでください。

迅助　そういうわけにはいきませんよ。
美祢　お願いですから、置いていってください。
迅助　なぜです。
兵庫　(美祢に) 新選組とは係わりたくない。そうでしょう?
美祢　……。
迅助　こんな時に、新選組も何もありませんよ。さあ、私の背中に乗って。

迅助が美祢を背負って走り去る。後を追って、兵庫も去る。

8

元治元年七月二十二日、夕。京都洛中、桃山診療所。
鳩斎・剣作がやってくる。鳩斎は野菜をたくさん持っている。剣作は旅装をしている。

鳩斎 ハロー、エニワン。ハロー。
剣作 今、何ちゅうて言われました？
鳩斎 エゲレス語で「誰かいないか」と言ったんだ。
剣作 鳩斎先生は異国の言葉が話せるんですか？
鳩斎 ほんの少しだ。俺は若い頃、長崎でオランダ語を学んできた。しかし、これからはエゲレス語の時代だ。だから、この歳で勉強を始めたというわけだ。
剣作 なるほど。わたしゃあ絵を描くんですが、異国にもええ絵師がたくさんおるそうです。しかし、どうやって勉強したらええか、ようわからんのです。
鳩斎 習うより慣れろと言うだろう。難しいことは考えないで、とにかく真似してみるんだ。俺のように。ハロー、エニワン。ハロー。

そこへ、たか子がやってくる。

たか子 そんなに大きな声を出さなくても、聞こえますよ。

鳩斎 たか子、紹介しよう。この人は――

たか子 兄上、その手に持っていらっしゃるものは何ですか？

鳩斎 わかってるくせに、聞くんじゃない。

たか子 いいえ、私にはわかりません。今日こそはきちんとお代をいただいてきてくださいとお願いしましたのに。

鳩斎 その話はまた後で聞くから。

たか子 返してきてくださいまし。お代をいただいてくるまで、家には入ってはなりません。

そこへ、つぐみがやってくる。

つぐみ 父上、お帰りなさい。お願いした本、買ってきてくださいました？

鳩斎 それがその。（野菜を差し出す）

つぐみ またなの？　それだけあれば、一月は野菜を買わずに済むわね。

たか子 （鳩斎に）確かに、お野菜は体にいいかもしれません。しかし、私たちは虫じゃないんです。それに、今はお預かりしてる患者さんもいます。患者さんには卵やお魚を食べて、精力をつけていただきたいじゃないですか。それなのに、またお野菜ばかり。本当に八百屋でも始めようかしら。
鳩斎　うるさいな、おまえは。だから、出戻りになるんだ。
たか子　何か仰いました？
鳩斎　ノー・ノー。
つぐみ　まあまあ、二人とも。父上、そちらの方は？
剣作　申し遅れました。美祢の弟の、秋吉剣作です。
たか子　ああ、美祢さんの。
鳩斎　四条通を歩いていたら、道を聞かれたんだ。「桃山診療所はどこですか」と。
つぐみ　（剣作に）確か、お住まいは大坂でしたよね。ずいぶん早いお着きですね。
剣作　報せを受けて、慌てて飛び出してきたんです。（懐から紙包みを出して）早速で恐縮ですが、これは、姉がお世話になっちょるお礼です。
つぐみ　そんなものは後でいいんですよ。
たか子　（剣作に）あらあら、すみませんね。（紙包みを取って）あらあら、重いこと。（紙包みを開いて）兄上、見てください。小判です。しかも、三枚。
鳩斎　オー！　シャイニング！
剣作　足りんかったら、言うてください。
たか子　とんでもございません。これだけあれば、卵とお魚が半年はいただけます。
鳩斎　余計なことを言ってないで、美祢さんを連れてこい。
たか子　はい、ただいま。

たか子が走り去る。

つぐみ あんなにいただいちゃって、いいんですか?

剣作 たった一人の姉ですから。どうか、存分に見てやってください。

鳩斎 金などもらわなくても、できるだけのことはする。

剣作 ありがとうございます。それで、怪我の具合はどうなんでしょう?

つぐみ 足の方は挫いただけです。でも、火傷がかなりひどいですね。一人で歩けるようになるまで、十日はかかると思ってください。

剣作 (鳩斎に)娘さんもお医者様なんですか?

鳩斎 いや、口は一人前だが、まだまだ。

つぐみ (剣作に)父はこう言ってますけど、患者さんの半分は私が見てるんです。

剣作 そりゃあ頼もしいですね。女子のお医者様なら、姉も何かと安心でしょう。

そこへ、たか子・そのに両脇から支えられて、美祢がやってくる。足に包帯をしている。

その 美祢さんをお連れしました。

剣作 姉上、報せを受けた時にゃあ、肝を冷やしましたよ。

美祢 心配をかけて、すまんねえ。お仕事の方は大丈夫なんですか?

剣作　私のこたあええんです。しかし、どうして黙って出かけたりしたんです。せめて、書き置きぐらい残しちょってくれても、ええじゃないですか。

たか子　美祢さんはご主人のお墓参りにいらっしゃったんですよ。

剣作　やはりそうでしたか。（美祢に）私は「戦が終わってから、二人で行こう」と言うたはずです。一人で京へ行くなあ危険じゃから。

美祢　どうしても待てんかったんです。わたしゃああの人の死に目にも会えんかったんですよ。

剣作　気持ちはわかりますが、私たちゃあ長州の人間です。新選組にでも捕まったら、何をされるかわからん。

たか子　お二人は長州の方なんですか？

美祢　今まで黙っちょって、申し訳ありませんでした。私の夫、徳山左近は、一年前まで、長州藩の京都藩邸に勤めちょりました。そして、今から一月ほど前、池田屋で亡くなりました。

その　池田屋で？

剣作　殺されたんです。新選組の沖田に。

たか子　沖田に？

美祢　私の父は京都藩邸の御一任役でした。ですから、私も剣作も幼い頃から、京で暮らしてきました。徳山は国元の人間ですが、七年前に京に来て、私と一緒になったんです。残念ながら子宝にゃあ恵まれせんでしたが、私たちゃあそりゃあ幸せでした。ところが、去年の八月、長州藩は京を追われました。藩邸の者は皆、国元へ帰りましたが、徳山は残るっちゅうて言いました。それで、二人で、大坂におった剣作の所へ逃げたんです。

つぐみ　剣作さんは大坂で何を？

剣作　絵師です。私は十七の時に家を出て、錦絵の修業を始めたんです。

美祢　（たか子に）徳山はしばしば京へ出かけちょりました。勤皇浪士の一人として、京を駆け回っておったのでしょう。私にゃあ、徳山の無事を祈って、待つことしかできんかった。それがとうとう……。

その　ごめんなさい。（泣き出す）

剣作　どうしたんです、いきなり。

たか子　お二人とも、新選組を恨んでいらっしゃるでしょうね？

剣作　恨んでないっちゅうたら、嘘になります。私にゃあ、義兄はかけがえのない人じゃったから。

その　ごめんなさい。

剣作　どうしてあなたが謝るんじゃ。

たか子　とても申し上げにくいことなんですけど――

そこへ、迅助・兵庫・沖田がやってくる。

迅助　あれれ？　皆さんお揃いですね。

つぐみ　もう、どうしてこんな時に。

鳩斎　バッド・タイミング。

沖田　立川さん。何だか、我々はお邪魔みたいですよ。

迅助　診療所に診療を受けに来たのに、何が邪魔なもんですか。
たか子　帰れ。
迅助　え？
その　兄上、帰ってください。
迅助　何だよ、そのまで。
剣作　失礼じゃが、その羽織は新選組の隊服ですよね？
迅助　そうですよ。私は新選組の隊士ですから。
剣作　やはりそうですか。しかし、どうしてここに新選組が？
美祢　剣作、落ち着いて聞きんさい。私を助けてくださったのは、この方たちなんです。
剣作　何じゃと？
兵庫　美祢殿、こちらはあなたのお知り合いですか。
美祢　私の弟です。
兵庫　そうでしたか。（剣作に）お初にお目にかかります。私は新選組一番隊士、小金井兵庫と申します。こっちは同じ一番隊の立川迅助と――
沖田　三鷹銀太夫です。
兵庫　（剣作に）あなたの姉上をお助けしたのは、立川君です。押小路通からここまで、姉上を背負ってきたんです。
美祢　（剣作に）この方たちがいらっしゃらんかったら、私は今頃、焼け死んじょったでしょう。あなたからも、お礼を言うてください。

剣作　しかし……。
美祢　あなたの気持ちゃあようわかります。しかし、新選組にもいろんな方がおるんです。恨むなら、沖田だけを恨みなさい。
沖田　今、沖田って言いましたか？
つぐみ　美祢さんのご主人は沖田に殺されたんですって。池田屋で。
美祢　徳山は武士です。武士が戦で死ぬのは、仕方のないこと。じゃから、わたしゃあ誰のことも恨んじょりません。
兵庫　しかし、我々は、あなたのご主人を殺したやつの仲間なんですよ。
美祢　確かに、報せを受けた時は、怒りと悲しみで目が眩むほどでした。しかし、あなた方と出会うて、すっかり気持ちが変わりました。さあ、剣作。この方たちにお礼を言うてください。
剣作　しかし、姉上――
美祢　剣作。
剣作　（迅助たちに）姉を助けていただいて、本当にありがとうございました。
たか子　さあ、美祢さん。そろそろお部屋へ戻りましょう。剣作さんは今夜はどちらに？
剣作　まだ決めちょりません。
たか子　じゃ、ここにお泊まりになってくださいまし。
つぐみ　それがいいわ。美祢さんはまだ一人では歩けないし。
剣作　しかし、そこまで甘えてしもうては。
たか子　いいんですよ。ねえ、兄上。

鳩斎　ノー・プロブレム。
つぐみ　（剣作に）「気にするな」って言ってます。どうか、ゆっくりしていってください。
剣作　それじゃあ、遠慮のう。（迅助たちに）失礼します。

たか子・その・美祢・剣作が去る。

兵庫　皮肉なもんだな。旦那を殺した新選組に、今度は自分が助けられるなんて。
つぐみ　小金井さんでしたっけ？　あなたもどこかお悪いの？
兵庫　いいえ。俺は美祢さんのお見舞いに来ただけです。
つぐみ　そう。三鷹さん、体の調子はどう？
沖田　おかげさまで、すっかりよくなりました。
つぐみ　嘘ばっかり。相変わらず、顔色がよくないわ。私は「三日に一度は来なさい」って言ったはずよ。
沖田　すいません、仕事が忙しくて。
つぐみ　あなたは病人なのよ。仕事より、自分の体を大切にしなくちゃ。
沖田　わかってはいるんですが、この体は私だけのものではないんです。
つぐみ　じゃ、誰のものだって言うの？
沖田　帝のものでもあり、上様のものでもある。私は武士ですから。
つぐみ　何を言ってるのよ。あなたが死んだって、将軍様が悲しむわけじゃない。迅助さんや小金井

つぐみ　さんや私たちが悲しむのよ。斬ったり斬られたりする前に、そのことを考えるのね。私は体を見てもらうために、ここへ来てるんです。説教をしてもらうためじゃない。

沖田　医者っていうのは、体を見ればそれでいいってものじゃないの。体をよくするためには、まず心をよくしないと。

つぐみ　私の心が悪いと仰るんですか？

沖田　いいとは言えないでしょう？　私の言うことをちっとも聞こうとしないんだから。私が女子だからって、馬鹿にしてるのよ。

つぐみ　そうです。私は馬鹿にしています。

沖田　何ですって？

沖田　女子なんかに何がわかるんです。あなたなんかに何がわかるんです。私の心は私にしかわからないんだ。

迅助　ちょっと、おき……、三鷹さん！

沖田が走り去る。後を追って、迅助・兵庫が走り去る。

つぐみ　父上、私は何か間違っていたでしょうか。

鳩斎　間違ってない。が、世の中には、それが人を傷つけることもあるんだ。

つぐみ　でも、私はあの人の病を治してあげたいだけなんです。それだけなんです。

つぐみ・鳩斎が去る。

9

元治元年七月二十六日、朝。京都洛外壬生村、新選組屯所。
銀太夫がやってくる。竹刀で素振りを始める。そこへ、沖田・迅助がやってくる。二人とも、竹刀を持っている。

沖田 驚いたな。今日は三鷹さんが一番乗りですか。
迅助 今日だけじゃありません。昨日も一昨日もそうでした。
沖田 （銀太夫に）一体どういう風の吹き回しです。この間までは、稽古に誘う度に、腹が痛いって逃げてたのに。
銀太夫 どうしても負けたくないやつが現れたんです。（迅助をにらむ）
迅助 それは俺のことですか、三鷹さん？
銀太夫 （ニヤリとして）別に。しかし、私もこの何日かで、かなり強くなりました。何しろ、私は土方先生に稽古をつけていただいてますからね。
沖田 そうですか。じゃ、立川さんには私が稽古をつけることにしましょう。
銀太夫 そんな、狡い。

沖田　いいですか、立川さん。敵と向かい合った時、一番大切なのは目です。敵の動きをよく見ることです。敵が右の袈裟斬りで来たら、左へ払う。それで、右の胴が空いたら、左の突き。

銀太夫　こういった判断が瞬時にできなければ、敵は斬れません。

迅助　わかってはいるんですが、体がうまく動かないんです。

沖田　三鷹さんは向こうへ行っててください。
じゃ、わかりやすくするために、番号をつけましょう。右の袈裟が一、胴が二、脛が三、突きが四、左の袈裟が五、胴が六、脛が七、突きが八、そして、面が九です。私が番号を言いますから、その通りにやってみてください。

沖田・迅助が竹刀を構える。銀太夫も竹刀を構える。沖田が番号を言う。三人がその番号の通りに、竹刀を振る。と、沖田が口元を押さえてしゃがみこむ。

銀太夫　大丈夫ですか、沖田さん。

沖田　心配いりません。ちょっと咳が出ただけです。

迅助　診療所へ行かないからですよ。今からでも行きましょう。

沖田　本当に大丈夫です。さあ、稽古の続きをやりましょう。

迅助　沖田さんも頑固だな。つぐみさんは、沖田さんが来るのを待ってるんですよ。

沖田　わかってます。

迅助　そんなに、つぐみさんが気に入らないんですか？

沖田　違いますよ。私は、あの人に触られるのがいやなんです。

そこへ、兵庫・つぐみがやってくる。つぐみは診療箱を持っている。

兵庫　迅助、お客様だぞ。
つぐみ　つぐみさん、こんな所へ何しに来たんですか。
迅助　決まってるでしょう、往診よ。（沖田に）あれから四日も経つのに、どうして来ないの？　お薬だって、とっくに切れてるはずよ。
沖田　すいません。仕事が忙しくて。
銀太夫　この方ですか？　今、言ってた、つぐみさんて方は。
迅助　そうです。この人は俺の従姉で、叔父と二人で診療所をやってるんです。
銀太夫　やっと話が見えました。沖田さんが通っていたのは祇園じゃなくて、診療所だったんですね？
つぐみ　沖田？
沖田　（銀太夫に）いやだな、私の名前は三鷹ですよ。
銀太夫　何を言ってるんですか。三鷹は私ですよ。
沖田　わかってますよ、兄上。
銀太夫　兄上？　私はいつからあなたの兄になったんですか？
沖田　私が生まれた時からですよ。私は三鷹銀太夫。兄上は三鷹金太夫。

銀太夫　一体何を言ってるんですか。からかうつもりなら、承知しませんよ。
兵庫　（遠くの床を指して）あっ、あんな所に銭が落ちてる。
銀太夫　どこですどこです？
兵庫　あそこです。あっ、風に吹かれて転がっていく。
銀太夫　どこですどこです？

銀太夫が探す。兵庫が「また転がった」などと言いながら、銀太夫を誘導して去る。

つぐみ　何よ、あの人たち。
沖田　気にしないでください。そんなことより、ここは女子の来る所ではありません。すぐにお引き取りください。
つぐみ　診療が終わったら、すぐに帰ります。
沖田　困った人だな。屯所まで押しかけてこられたら、迷惑なんですよ。
つぐみ　じゃ、これからは、三日に一度、診療所に来る？
沖田　わかりましたよ。わかりましたから、帰ってください。
つぐみ　せっかく来たんだもの、胸ぐらい見せてよ。
迅助　観念したらどうです、三鷹さん。
沖田　もう、好きにしてください。
つぐみ　はい、します。迅助さん、悪いけど、外へ出てくれる？　他の人にも、中へ入るなって言って。

迅助　わかりました。二人きりですね。

迅助が去る。つぐみが診療箱から聴診器を取り出す。

つぐみ　はい、胸を見せて。

沖田　つぐみさん、もういいですよ。

つぐみ　何が？

沖田　診療ですよ。いくら見てもらっても、私の体は元には戻らない。

つぐみ　勝手に決めつけないで。私の言う通りにすれば、きっと治るわ。

沖田　しかし、私には仕事がある。病人みたいに、寝ているわけにはいかないんだ。

つぐみ　新選組が忙しいのはよく知ってるわ。だから、絶対に仕事をするなとは言わない。でも、今は何をしていたの？　剣術の稽古でしょう？

沖田　それだって、立派な仕事です。

つぐみ　刀を振るのは、さぞかし気持ちがいいんでしょうね。でも、振れば振るだけ、あなたの体は弱っていくのよ。

沖田　私は武士です。私から刀を取ったら、何も残らない。

つぐみ　これだけ言ってもわからないなら、仕方ないわ。あなたの体のことを、迅助さんに話します。

沖田　それだけはやめてください。後生ですから。

つぐみ　じゃ、約束してください。二度と刀は振らないって。
沖田　それは……。
つぐみ　迅助さんに話してもいいんですか？
沖田　わかりました。約束します。
つぐみ　じゃ、胸を見せてください。早く。

沖田が着物を開いて、胸を出す。つぐみが聴診器を当てる。
遠くに、迅助・兵庫・銀太夫がやってくる。三人で、覗き見をする。

つぐみ　大きく息を吸って、吐いて。
沖田　つぐみさん、一つ聞いてもいいですか？
つぐみ　……。
沖田　私の胸は、どんな音がするんですか？　何かが擦れるような音ですか？　それとも、何かが砕けるような音？
つぐみ　静かに。
沖田　すみません。
つぐみ　はい、いいですよ。着物を直してください。
沖田　ありがとうございました。（着物を直す）
つぐみ　風の音です。

沖田　え？

つぐみ　あなたの胸には風が吹いています。草も木も吹き飛ばすほどの、強い風が。

沖田　へえ、そんなに大きな音がするんですか。

つぐみ　ええ。でも、どんなに強い風だって、止まれば、すぐに消えてしまう。だから、必死に吹いてるんです。笑うことも泣くことも我慢して、必死で。

沖田　それはそうでしょう。風が泣くわけにはいきませんからね。

つぐみ　（薬を差し出して）はい、お薬です。三日分しか出しませんからね。明々後日は、必ず診療所に来てください。

沖田　（受け取って）はい。

つぐみ　それから、栄養のある物を食べて、風通しのいい場所に寝ること。起きている時も、なるべく体は動かさないこと。疲れるのが、この病には一番よくないんです。

沖田　わかりました。

つぐみ　じゃ、お大事に。

沖田　つぐみさん。

つぐみ　何？

沖田　私はあなたを馬鹿になんかしてません。あなたに見てもらえて、本当にうれしいです。

つぐみ　私こそ、そう言ってもらえて、本当にうれしいです。じゃ。

つぐみが去る。

銀太夫　駄目ですよ、そんなに押したら。わあっ。

迅助たちが重なって倒れる。

沖田　あなたたち、何をしてるんですか。大の大人が四人も揃って。
銀太夫　四人？　ここには三人しかいないはずですが。

銀太夫が数えると、四人。いつの間にか、土方も混ざっていた。

銀太夫　土方先生、いつの間に。
土方　総司、今の女は誰だ。祇園の女には見えなかったぞ。
銀太夫　あの人は立川君の従姉です。お父上と二人で診療所をやっているそうです。
土方　女子の医者が、なぜ総司に会いに来る。（沖田に）おまえ、どこか悪いのか。
沖田　実は、酒の飲み過ぎで、胃をやられたんです。大したことはないんですが。
土方　大したことねえのに、なぜ屯所まで来る。
迅助　沖田さんが「女子の医者はいやだ」って逃げたら、追いかけてきたんです。
兵庫　（土方に）天下の沖田総司も、女子にはかなわないというわけです。
土方　おまえらは黙ってろ。総司、正直に言え。

沖田　何をです。
土方　どうして医者がわざわざおまえに会いに来るんだ。
沖田　それは……。
土方　くせえよ、総司。
沖田　え？
土方　水くせえって言ってるんだよ。そうか、おまえが惚れたのは、女子の医者か。で、向こうもおまえを追いかけてくるほど、惚れてるってわけか。
銀太夫　あれ？　そうなんですか？
土方　だから、おまえは銭勘定しか能がねえって言われるんだよ。
沖田　違うんです、土方さん。
土方　照れるな照れるな。よし、早速、近藤さんに報告だ。
沖田　ちょっと、やめてくださいよ。土方さん。

土方・沖田が去る。

銀太夫　立川君。土方先生の言ったことは本当なんですか？
迅助　さあ。でも、あの二人、顔を会わせるたびに喧嘩してますけど。
銀太夫　そうか。嫌い嫌いも好きのうちっていうのは、こういうことなんだ。土方先生が私を苛めるのも、本当は私のことが好きだからなんだ。

銀太夫が去る。兵庫が日記を取り出し、書き始める。

迅助　何だよ、また日記か？

兵庫　天下の沖田総司に、女ができたんだ。書かないわけにはいかねえだろう。

迅助　俺は誤解だと思うな。沖田さんは、つぐみさんに触られるのがいやだって言ってたんだ。本当に惚れてるなら、どんどん触ってほしいはずだ。

兵庫　俺には沖田の気持ちがわかるぜ。

迅助　どんな気持ちだよ。

兵庫　鈍いやつだな。沖田は人を何人も殺してるだろう？　そんな体を、つぐみさんには触らせたくなかったんだよ。

迅助　え？　つまり、どういうことだ？

兵庫　もういい。後は自分で考えろ。

兵庫が去る。後を追って、迅助も去る。

10

元治元年七月二十九日、昼。京都洛中、桃山診療所。
剣作に支えられて、美祢がやってくる。後から、そのがやってくる。

美祢　手を放してください、剣作。もう一人で歩けますよ。
剣作　無理をして、また痛めたらどうするんです。散歩なんてやめにしましょう。
その　そうですよ、美祢さん。今日一日我慢すれば、明日はお家へ帰れるんですから。
美祢　わかりました、やめますよ。（座って）そのさん。今日までいろいろお世話になりました。
その　私は何もしてません。私は看護婦の見習いの見習いの見習いですから。
美祢　大坂に出ることがあったら、家にもぜひ遊びに来てください。ええでしょう、剣作？
剣作　もちろんですよ。（そのに）もし来てくれたら、あなたの絵を描いちゃげます。私の専門は風景画ですが、そのさんのためなら特別に。
その　本当ですか？　うれしい。
美祢　そうじゃ。迅助さんと小金井さんにも、お別れする前にご挨拶せんと。
その　いいですよ、挨拶なんて。

美祢　でも、なんべんもお見舞いに来ていただいたし。
剣作　姉上、三鷹さんを忘れてはいけません。三日に一度は果物を持ってきてくださったじゃあないですか。
美祢　直に渡してくださらんから、一度もお礼を言っちょらんのです。（そのに）三鷹さんは今日か明日、こちらにおいでなさるでしょうか。
その　もし来なかったら、屯所へ知らせに行ってきますよ。
剣作　お願いします。

そこへ、たか子・土方がやってくる。

たか子　美祢さん、剣作さん、申し訳ありません。お客様なんですよ。
剣作　わかりました。姉上。
美祢　大丈夫。一人で歩けますよ。

剣作が美祢を支えて、立ち上がる。美祢・剣作・そのが去る。

土方　今の方々は？
たか子　こちらでお預かりしている患者さんでございます。蛤御門の戦で、火事に巻き込まれたところへ、迅助が通りかかりまして。

土方　自慢の足をいかして、ここへ運び込んだというわけですか。
たか子　左様でございます。迅助が他人様のお役に立てるなんて、思ってもいませんでした。
土方　立川君は子供の頃から足が速かったんですか？
たか子　私どもは、迅助が五つの時に、京へ参りました。その頃の迅助は近所の子に苛められて、いつも泣いておりました。
土方　それが今では新選組随一の伝令役です。
たか子　あの泣き虫がここまで出世するなんて。で、今日はとうとう切腹ですか。
土方　切腹？
たか子　今日、土方様がいらっしゃったのは、それを伝えるためでございましょう？
土方　違いますよ。立川君は本当によくやっている。新選組隊士の鑑と言っていいぐらいです。

そこへ、鳩斎がやってくる。

鳩斎　お待たせした。あんたが新選組の土方さんか。
土方　新選組副長・土方歳三です。
鳩斎　近頃、新選組の隊士がやたらと押しかけてくる。あんたもどこか悪いのか。
土方　いいえ。今日は鳩斎先生にお話ししたいことがありまして。
鳩斎　今、診療中なんだ。用件は手短に願いたい。
土方　承知しました。話というのは他でもない。こちらで診療していただいている、沖田のことです。

鳩斎　ノー。そんな男は来ていない。
土方　そんなはずはない。立川君と二人で、何度も診療に来ているはずです。
たか子　迅助さんと？　ああ、それは三鷹さんでございますよ。
土方　三鷹？
たか子　礼儀正しくて、笑顔のさわやかな方です。
土方　確かに、三鷹は礼儀正しいが、笑顔はけっしてさわやかではない。むしろ、いやらしい。
鳩斎　いやらしくない。ヒー・イズ・フレッシュ。
たか子　（土方に）彼はさわやかだと申しております。
土方　では、その三鷹という男は、どこが悪いのですか。
鳩斎　胃だ。しかし、それほど悪くはないので、娘に見させている。
土方　それなら、間違いなく沖田です。新選組一番隊長・沖田総司です。
たか子　信じられません。もしそうだとしたら、なぜ本名を名乗らなかったんです。
土方　何か事情があったのでしょう。今日はその沖田について、お尋ねしたいこととお願いしたいことがあって参りました。
鳩斎　よし、聞こう。
土方　お尋ねしたいことは、沖田の病名です。やつは胃をやられたと言っていたが、私は嘘だと思っている。胃の悪い人間が、あんな妙な咳をするはずがない。本当は、労咳なのではありませんか。
鳩斎　俺は胃の病だと言ったはずだ。

土方　労咳は死の病です。そうだとしたら、やつにできるだけのことをしてやりたいんです。

鳩斎　新選組を辞めさせるか。

土方　それはできません。

鳩斎　だったら、何をしても無駄だ。労咳を治すには、静かに寝ているしかない。あの男を助けたかったら、今すぐ辞めさせるしかないんだ。まあ、あの男が労咳だったらの話だが。

土方　それでは、沖田は労咳ではないのですね？

鳩斎　俺は何度もそう言っている。

土方　わかりました。では、次にお願いしたいことです。あなたの娘さんを沖田にいただきたい。

たか子　今、何と仰いました？　つぐみさんを？

土方　あの二人は互いに惚れ合っています。どうか、夫婦にしてやってください。この通りです。

（頭を下げる）

鳩斎　断る。

土方　なぜです。

鳩斎　訳など答える必要はない。父親の俺が駄目だと言ったら、駄目なんだ。

土方　いや、是非ともお聞きしたい。新選組の土方が頭を下げて頼みに来たんだ。駄目だと言われて、はいそうですかと引き下がるわけにはいかない。

鳩斎　だったら、正直に言ってやろう。新選組の沖田などに大事な娘をくれてやるわけにはいかんのだ。

土方　なるほど。しかし、本人たちの気持ちはどうなるんです。娘さんは、相手が沖田だと知っていて、惚れたのではないですか。
鴇斎　惚れてなどいない。つぐみは医者として、患者の面倒を見ただけだ。そうだろう、たか子。
たか子　さあ、どうでしょう。
鴇斎　馬鹿。こういう時は何でもいいから、俺の肩を持つんだ。
たか子　だって、つぐみさんはあの方のことをやけに熱心に見てましたから。もしかしたら好きなのかしらって思ってたんです。
土方　知らなかったのは、鴇斎先生だけのようですな。（笑う）
鴇斎　そんなことはない。とにかく、この話はなかったことにしてくれ。
たか子　ちょっと待ってください。ここは、本人の話を聞いてみたらいかがです。すぐに呼んでまいります。
鴇斎　その必要はない。おい、たか子！

たか子が走り去る。

鴇斎　あんた、所帯は持ってるか。
土方　いいえ。なぜそんなことを聞くんです。
鴇斎　なぜ所帯を持たなかった。いつ死んでも心残りがないように。そう思ったからではないのか。
土方　違います。私は、一緒になりたいと思うほど、女に惚れたことがないのですよ。しかし、沖田は本気で惚れている。それでいいではないですか。

鳩斎　あんたが沖田を思う気持ちはわかる。あいつはなかなかいい男だ。ここに来た子供たちと、楽しそうに遊んでいるのを見たことがある。しかし、いざ戦となれば、平気で人を斬ってきた。

土方　我々は武士です。武士が戦で人を斬るのは、当たり前のこと。

鳩斎　心の半分を戦場に置いてきたような男に、娘をやるわけにはいかない。第一、そんな男と一緒になって、娘が幸せになれるはずがない。

土方　そんなに武士がお嫌いですか。

鳩斎　大嫌いだ。しかし、俺が一番嫌いなのは、武士なら何をしてもいいと思い込んでる人間なんだ。

たか子・つぐみがやってくる。

つぐみ　失礼します。鳩斎の娘のつぐみです。

土方　あなたがつぐみさんですか。話は叔母上から聞きましたか。

つぐみ　ええ。でも、まだ信じられません。あの三鷹さんが沖田だったなんて。

土方　それじゃ、あなたは知らなかったんですか。

つぐみ　少しも。あの人も迅助さんも小金井さんも、私を騙してたんですね。

土方　おそらく、何かの行き違いでしょう。名前は嘘だったかもしれないが、やつの気持ちは本当です。

つぐみ　沖田さんは、本当に私を嫁にほしいと言ったんですか？
たか子　そうなんですって。兄上は反対してるけど、大切なのはつぐみさんの気持ちですよ。
土方　（つぐみに）あなたは沖田に惚れている。その気持ちが本当なら、お父上が何と言おうと構わないはずだ。たった一言、受けると言っていただきたい。
鳩斎　俺は断ると言ったはずだ。
土方　私はつぐみさんの気持ちを聞いている。
鳩斎　つぐみが何と言おうと、決めるのは俺だ。つぐみには、死んだ母親が味わうことのできなかった、人並みの幸せを味わわせてやりたい。だから、絶対に医者にはしない。いい縁があったら、すぐにでも嫁にやろうと思っていた。しかし、武士だけは駄目だ。
土方　本当に武士だからですか？
鳩斎　どういう意味だ。
土方　労咳で、死期の迫っている男だから。だから、駄目だと言うんじゃないですか？　もしそうだとしたら、私はあなたを許さない。
鳩斎　見損なうな。沖田が労咳だろうが、胃の病だろうが、俺の答えは同じだ。
土方　私は明日から三日ほど、大坂へ行く。だから、三日待ちましょう。（つぐみに）あなたの答えを楽しみに待っています。

土方が立ち上がる。そこへ、迅助・沖田がやってくる。

沖田　土方さん。どうしてこんな所に。
土方　おう、総司。今日もこれから診療か。
迅助　違いますよ、土方先生。この人は三鷹さんです。
たか子　もう嘘をつかなくていいんですよ。その人は沖田さんなんでしょう？
沖田　土方さんが話したんですか？（土方に）私が沖田だと教えに来たんですか？
土方　馬鹿、もっと大事な話をしに来たんだ。
沖田　大事な話って何です。
土方　それは後のお楽しみだ。（鳩斎に）失礼。

土方が去る。

迅助　（たか子に）土方先生は何をしに来たんですか。
たか子　つぐみさんをお嫁にほしいって。
迅助　土方先生の？
たか子　そうじゃなくて、沖田さんの。
迅助　で、つぐみさんは何て答えたんです。
鳩斎　もちろん、断った。つぐみを武士にやるわけにはいかない。
つぐみ　沖田さんは知らなかったの？　土方さんがここへ来ること。
沖田　ええ。参ったな、あの人は。勝手に勘違いして。

つぐみ　やっぱり勘違いなのね？　そうだと思った。
沖田　ご迷惑をおかけして、申し訳ありませんでした。でも、安心してください。もうここへは来ませんから。
たか子　どうしてですか。
沖田　最初に沖田だとわかっていたら、診療してはもらえなかったでしょう。
たか子　そんなことはありませんよ。
沖田　いいんです。つぐみさん、今日まで本当にありがとうございました。
迅助　ちょっと、みた――、沖田さん！

沖田が走り去る。後を追って、迅助が走り去る。

たか子　どうするんですか、つぐみさん。
つぐみ　どうもしませんよ。沖田さんは勘違いだって言ってたじゃないですか。
たか子　でも、土方さんは二人とも惚れ合ってるって。
つぐみ　いやだ。叔母上はその話を信じたんですか？
たか子　だって、つぐみさんはやけに熱心に見てましたから。
つぐみ　そりゃ熱心に見ますよ。命に係わる病なんですから。でも……。
鳩斎　でも、何だ。
つぐみ　私は、あの人のことを半分しか知らなかったんですよ。半分だけで、好きかどうかなんてわかりません。

つぐみ・たか子・鳩斎が去る。

11

元治元年七月三十日、昼。京都洛中、桃山診療所。
美祢・剣作がやってくる。

剣作　遅いですね、迅助さんたちゃあ。
美祢　そのさんはちゃんと知らせてくれたんじゃろうか？
剣作　ええ。迅助さんと三鷹さんは昨日の昼過ぎ、ここへ来たらしいんです。でも、すぐに帰ってしもうたので、そのさんは会えんかった。それで、夕方、屯所まで行ってくれたそうです。
美祢　あの子はええ子ですね。いつも一生懸命で。
剣作　つぐみさんもたか子さんも、みんなええ人です。今日でお別れかと思うと、何だか淋しい気もします。
美祢　鳩斎先生の名前が抜けましたね。あの人と別れるのは、淋しゅうないんですか。
剣作　とんでもない。鳩斎先生はえらい人です。私もあの人を見習うて、異国の絵を勉強してみようと思うちょります。
美祢　ここにおったのはたったの十日なのに、何だか自分の家のような気がしますね。しかし、私たちには私たちの道がある。その道を行くしかないんです。

剣作　わかっちょります。

そこへ、迅助・兵庫がやってくる。

迅助　よかった、まだ出発してなかったんですね？

美祢　あなた方をお待ちしちょったんですよ。わざわざ来ていただいて、本当にすいません。

迅助　こちらの方こそ、遅くなっちゃって。そのたちは何をしてるんですか？

剣作　ついさっき、急患が運び込まれて、診療室に。鳩斎先生は朝から往診です。

迅助　それじゃ、お見送りができるのは、俺たちだけですか。

美祢　ええんですよ、見送りなんて。それより、三鷹さんはご一緒じゃなかったんですか？

迅助　それがその、昨日、ちょっとした行き違いがありまして。

兵庫　（美祢に）話せば長くなるんですが、要するに三鷹さんは、ここには二度と来られなくなってしまったんです。

美祢　それじゃ、今日も？

兵庫　一応、誘ってはみたんですが、やはり行けないと言ってました。でも、美祢さんにはくれぐれもよろしく伝えてくれと。

剣作　どうします、姉上。

美祢　迅助さん。私はどうしても直にお礼が言いたいんですよ。今から呼んできちゃあもらえませ

迅助　んか？　私もかなり説得したんですよ。でも、あの人、ああ見えても、頑固だから。
兵庫　（美祢に）三鷹さんには私からよく言っておきます。美祢さんが残念がっていたと。
美祢　そうですか。
剣作　姉上。
美祢　決めるのはあなたですよ、剣作。
剣作　わかりました。（奥に向かって）そのさんたちをこちらへ。

奥から、その・つぐみ・たか子が飛び出す。後から、小野田・宇部がやってくる。

その　兄上！
迅助　（宇部たちに）おまえら、どうしてここに！
小野田　（刀を抜き、そのに向けて）おとなしゅうせえ。いらんことすると、こいつが死ぬることになるけえのう。
剣作　（迅助たちに）お二人とも刀を捨ててください。
迅助　剣作さん、これは一体どういうことですか。
小野田　聞こえんかったんか！　早う刀を捨てろっちゅうんじゃ！
兵庫　わかったわかった。捨てるから、大きな声を出すな。

兵庫が大刀・小刀を床に置く。美祢がそれを取る。

兵庫　迅助、おまえも早く捨てろ。
迅助　（剣作に）説明してください。なぜそいつらがここにいるんです。
兵庫　鈍いやつだな。美祢さんが呼んだのさ。沖田を殺すために。
迅助　沖田さんを？
つぐみ　最初から知ってたのよ。あの人が三鷹さんじゃなくて、沖田さんだって。
兵庫　それで、俺たちに近づいてきたってわけさ。
美祢　（迅助に）新選組にあなたのような人がおって、本当によかった。助けていただいて、感謝しちょります。
迅助　でも、あなたは怪我をしてたじゃないですか。
兵庫　全部、芝居だったんだ。焼けた柱が足の上に落ちてきたんじゃねえ。自分で自分の足を焼いたんだ。
迅助　兵庫、おまえも仲間だったのか？
兵庫　俺が？　なぜそんなことを言う。
迅助　美祢さんを最初に見つけたのは、おまえだった。そいつらが池田屋から逃げた時も、おまえは追いかけようとしなかった。おまえ、長州の間者だったのか？
たか子　そうなんですか、小金井さん？
迅助　（兵庫に）あの本もやっぱり日記なんかじゃない。長州に送るための、報告書だったんだ。

兵庫　馬鹿。こんな時に、くだらない冗談を言うな。

迅助　許さない。俺は絶対に許さないからな。

兵庫　いい加減にしろ、迅助。俺をこんなやつらと一緒にするな。

兵庫が迅助の大刀を抜き、剣作に斬りかかる。剣作がかわす。兵庫が美祢に駆け寄り、刀を突きつける。

小野田　美祢殿！

兵庫　動くな。この人を助けたかったら、そのさんたちを放せ。

剣作　あなた一人で勝てると思っちょるんですか？

兵庫　別に勝ちたいとは思ってねえ。そっちが放してくれたら、俺も放す。それで、おしまいってことにしようじゃねえか。

美祢が懐から短刀を抜き出し、兵庫の肩を斬る。兵庫がひざまずく。小野田が兵庫に刀を突きつける。

迅助　兵庫！

小野田　美祢殿、こいつを斬ってもええですか。

美祢　やめてください。敵は沖田です。その人ではありません。

小野田　しかし——

宇部　やめちょけ、小野田。

小野田が兵庫を殴りつける。兵庫が倒れる。小野田が大刀を取り上げる。

剣作 迅助さん、私の頼みを聞いてもらえますか。

迅助 いやです。

剣作 そう言わずに、話だけでも聞いてください。沖田さんをここに連れてこいって言うんでしょう？ そんなこと、俺にできるわけないじゃないですか。

迅助 聞かなくても、わかりますよ。沖田さんをここに連れてこいって言うんでしょう？ そんなこと、俺にできるわけないじゃないですか。

小野田 そりゃあ困ったのう。おまえができんちゅうたら、わしらは女子を斬らねばならん。

迅助 （剣作に）お義兄さんを殺されて、悔しいのはわかります。だからって、沖田さんを殺しても、お義兄さんが帰ってくるわけじゃない。

美祢 それでは伺いますが、そのさんが殺されたら、あなたはどうします。

迅助 それは……。

美祢 そのさんを殺した人間を殺しても、そのさんは帰ってこん。そう言うて、諦めることができますか？

迅助 そのとご主人は違う。ご主人は武士だったけど、そのはただの女子だ。

美祢 私にとって、徳山はたった一人の夫でした。あなたにとって、そのさんがたった一人の妹であるように。

迅助 しかし――

美祢　私には沖田が許せんのです。主人は死んだのに、沖田は生きちょる。そう思うだけで、胸が張り裂けそうになるんです。この気持ち、迅助さんにもわかるはずです。

兵庫　俺には少しもわからないね。いくら仇を討つためとは言え、女子を人質にするようなやつの気持ちは。

宇部　そりゃあ、沖田が来るまでの話じゃ。やつが来たら、正々堂々と勝負しちゃる。

美祢　お願いです、迅助さん。剣作の頼みを聞いてやってください。どうしてもいやだっちゅうんなら、仕方ありません。あなたにも、大切な人を失う苦しみを味わってもらうだけです。小野田さん。

小野田がそのを突き飛ばす。そのが倒れる。小野田が刀を振りかぶる。

迅助　わかりました。わかりましたから、そのを放してください。

その　兄上、やめてください。私なんかのために、沖田さんを死なせないで。

迅助　安心しろ、その。沖田さんがこんなやつらに斬られるわけがない。

剣作　斬るのは私たちではない。あなたですよ。

迅助　俺が？

剣作　私があなたに頼みたかったのは、沖田をここへ連れてくることではない。沖田を殺してくることです。

小野田　秋吉さん、沖田はわしがやります。わしにやらせてください。

剣作　最初はそのつもりでした。しかし、沖田は手強い。下手をすると、私たちの中の誰かが死ぬことになる。じゃったら、迅助さんに頼んだ方がええと思いましてね。
宇部　わしゃあ反対じゃ。そねえなやつに、沖田が斬れるとは思えん。返り討ちに遭うのが落ちじゃ。
剣作　私はそうは思いません。さすがの沖田も、この人が自分の命を狙ってくるとは思わんでしょう。その隙を突けば、きっとうまくいきます。
つぐみ　剣作さん、やめて。迅助さんは、人が斬れるような人じゃないのよ。
美祢　斬れますよ。斬れなかったら、そのさんが死ぬんですから。
迅助　（剣作に）沖田さんを斬ったら、そのには手を出さないと約束してくれますか。そのだけじゃない。つぐみさんにも、叔母上にも、兵庫にも。
たか子　本気ですか、迅助さん。
剣作　（迅助に）約束しますよ。私が殺したいのは、沖田だけですから。
美祢　（迅助に）そのかわり、首を取ってきてくださいね。言葉だけでは信用できませんから。
迅助　わかりました。
小野田　（迅助に大刀を差し出して）持っていけ。
迅助　（大刀を受け取る）
たか子　やめてください、迅助さん。
剣作　（迅助に）期限は陽が沈むまでです。それまでに帰ってこなかったら、まずは小金井さんを殺します。

兵庫　迅助。

迅助　すまん、疑って。必ず帰ってくるから、待っててくれ。

迅助が走り去る。

その　兄上！

美祢　時間はたっぷりあります。ゆっくり待とうじゃありませんか。

12

兵庫が懐から本を取り出す。

兵庫　迅助が診療所を飛び出したのは、申の刻。今の午後四時だった。夏は昼間が長いとは言え、午後七時には陽が沈む。とすれば、残り時間はあと三時間。その間に、どうやって沖田を斬るか。少しも考えがまとまらないうちに、迅助は屯所へとたどりついた。

元治元年七月三十日、昼。京都洛外壬生村、新選組屯所。
迅助がやってくる。反対側から、沖田がやってくる。

沖田　あれ、もう帰ってきたんですか。美祢さんたちにはちゃんと会えましたか？
迅助　ええ、まあ。
沖田　小金井さんはどうしました。姿が見えませんが。
迅助　あいつはその、腹が減ったから、飯を食ってくるそうです。
沖田　珍しいですね。いつもなら、一緒に食べてくるのに。

迅助　俺はそんなに腹が減ってないんです。
沖田　ひょっとして、喧嘩でもしたんですか？　だから、そんなに淋しそうな顔をしてるんでしょう？
迅助　違いますよ。確かに、あいつは口も悪いし、何を考えてるのかわからないところもある。でも、根はいいやつなんです。
沖田　わかってますよ。あの人はたぶん、何かを探してるんです。新選組に入ったのは、そのための手段に過ぎなかった。だから、他の隊士になじもうとしなかったんです。
迅助　沖田さん、よかったら、少し付き合ってくれませんか。
沖田　別に構いませんけど、どこへ行くんですか？
迅助　すぐそこです。そんなに手間は取らせませんから。

迅助・沖田が去る。
京都洛中、桃山診療所。

宇部　小野田、やつは沖田が斬れるかのう。
小野田　おおかた、無理でしょう。沖田が丸腰じゃったら、話ゃあ別じゃが。
剣作　迅助さんなら、丸腰にすることができる。きっとうまく行きますよ。
宇部　いや、沖田は必ずここへ来る。（小野田に）いつでも戦える準備をしちょけ。
小野田　わかっちょります。美祢殿、もし沖田が踏み込んできたら、秋吉さんと二人で逃げてください。

美祢　何を言うちょるんですか。その時は、私も一緒に戦います。
宇部　そねえなわけにゃあいかん。わしらあは徳山に、あなたを頼むっちゅうて言われちょるんじゃ。
美祢　しかし、沖田が他の隊士まで連れてきたら。
宇部　そん時はそん時じゃ。せっかく徳山に助けてもろうた命じゃが、あなたのためなら捨てても構わん。徳山も許してくれるじゃろう。
つぐみ　勤皇の志士が女のために命を捨てるの？
小野田　おまえは黙っちょれ。
つぐみ　長州は今、幕府に倒されるかどうかの瀬戸際なんでしょう？　こんな所で仇討ちの手伝いなんかしてていいの？
宇部　わしらあはわしらあのやりたいようにやる。戦は国元のやつらに任せて、わしらあは一人ずつ殺すんじゃ。沖田はその一人目っちゅうわけよ。まあ、沖田を選んだんは、美祢殿に頼まれたからっちゅうこともあるが。
たか子　それじゃ、今度のことを仕組んだのは、美祢さんだったんですか？
美祢　いいえ、迅助さんですよ。蛤御門の戦の時、あの人が走り回っちょるのを見て、思いついたんです。あの人には本当に感謝しちょります。何とか沖田に殺されんと、生きて帰ってきてほしいものです。
兵庫　迅助は沖田を連れて、屯所を出た。が、どこまで行けばいいのか、自分でもわからない。四条通を西へ百メートル歩くと、千本通だ。北へ行くと所司代屋敷にぶつかるため、迅助は南へ足を向けた。

京都洛外、千本通。

迅助・沖田がやってくる。

沖田 一体どこまで行くんです。いい加減に教えてくださいよ。

迅助 すぐそこです。

沖田 何度聞いても、その答えだ。このまま行くと、島原ですよ。まさか、昼間から遊ぶつもりじゃないでしょうね。だったら、私は遠慮しますよ。

迅助 沖田さんには好きな人がいますか。

沖田 何ですか、いきなり。

迅助 答えてください。自分の命を捨てても惜しくないほど、大切に思ってる人はいますか。近藤先生ですか、土方先生ですか。それとも、つぐみさんですか。

沖田 ちょっと待ってください。立川さんは、死ぬのがそんなにいやですか？

迅助 沖田さんはいやじゃないんですか？

沖田 私は、自分の命が惜しいと思ったことはないんです。だから、そんなふうに聞かれても困ってしまう。でも、近藤先生と土方さんは大好きですよ。子供の頃から、同じ道場で稽古をしてきましたからね。

迅助 お二人のうちのどちらかが殺されたら、沖田さんはどうしますか。

沖田　そうなる前に、私が死にます。それが私の仕事ですから。
迅助　そうですか。
兵庫　迅助は再び歩き始めた。島原を過ぎ、朱雀を過ぎ、結局、一時間近くも歩き回って、二人は東寺へとたどりついた。

京都洛外、東寺。

沖田　少し休ませてください。さすがに疲れました。
迅助　すいません。
沖田　謝ることはありませんよ。でも、せめて理由ぐらいは教えてくれませんか。
迅助　え？
沖田　私を斬るつもりなんでしょう？　だから、こんな所まで連れてきたんでしょう？
迅助　どうして――
沖田　ずっと柄を握り締めてましたね。手が痺れてませんか？
迅助　（手を柄から離して）これは……。
沖田　そんな手じゃ、私は斬れませんよ。一体何があったんです。正直に話してください。

京都洛中、桃山診療所。

小野田　遅いのう。もう半時は過ぎちょるぞ。

宇部　やはりしくじったんじゃろう。（剣作に）どうやら、わしの言うた通りになったようじゃの。

剣作　いや、まだわかりませんよ。屯所で斬りかかったら、人目につく。だから、どこかへ連れ出しているのかもしれない。

たか子　迅助さんは、そんなに知恵の回る人じゃありませんよ。今頃、返り討ちに遭ってるに決まっています。

つぐみ　叔母上、やめてください。

その　私はどっちもいやです。兄上が殺されるのも、殺すのも。

たか子　私だってそうですよ。

剣作　迅助さんは殺すことを選んだんです。私たちはただ待っちょればええんです。

つぐみ　待つことができるなら、こんなことをしなくてもよかったのに。

剣作　どういう意味です。

つぐみ　あの人は胃の病なんかじゃない。もう長くは生きられない体なのよ。

剣作　本当ですか？

つぐみ　それなのに、平気で外を出歩いたり、刀を振り回したりしてる。自分で自分の命を縮めてるのよ。美祢さん、お願いだから、考え直して。

美祢　もしそれが本当だとしても、考えを変えるつもりはありません。

つぐみ　嘘じゃない。今、殺さなくても、あの人は近いうちに必ず死ぬのよ。

美祢　早い遅いの問題じゃあないんです。病なんかで死なせない。沖田にゃあ、剣で死んでもらいます。

京都洛外、東寺。

沖田　そうですか。美祢さんは、私の首を取ってこいと言ったんですか。
迅助　俺に沖田さんが斬れるわけありません。でも、逃げるわけにもいかないんです。お願いします。俺と勝負してください。
沖田　いやですよ、勝負なんて。
迅助　でも、このままではそのたちが。
沖田　立川さん、土方さんを呼んできてもらえませんか。
迅助　土方先生を？　なぜです。
沖田　敵は四人です。私一人では心許ない。
迅助　あいつらと戦うって言うんですか？　そんなことをしたら、そのたちが。
沖田　だから、土方さんに来てもらうんです。屯所を出発したのは、昼過ぎだ。あなたの足なら充分追いつけます。
迅助　それはそうかもしれませんが――
沖田　迷ってる時間はありませんよ。私はあなたが戻ってくるまで、屯所で待ってます。さあ。
迅助　わかりました。

迅助が走り出す。沖田が去る。

兵庫 午後五時。迅助は東寺を飛び出して、西国街道を西へ向かった。太陽は西の空に傾き始めている。残り時間はあと二時間。桂川を渡って、向日町、神足、大山崎を過ぎると、左に淀川の流れが見えた。沖田と別れてから一時間。およそ二万メートル走った所で、迅助はついに土方に追いついた。

西国街道、大坂高槻。

迅助 土方先生！　土方先生！

そこへ、土方・銀太夫がやってくる。

銀太夫 立川君、どうしたんですか、血相を変えて。

迅助 土方先生、沖田さんが大変なんです。すぐに屯所へ戻ってください。

土方 一体何があったんだ。落ち着いて、話してみろ。

兵庫 迅助はすべてを話した。それを聞いた土方は——

土方 （迅助に）馬鹿野郎！　なぜ総司を一人にした。

迅助 沖田さんが、土方先生を呼んできてくれって言ったから。

土方　それで、のこのこ追いかけてきたのか。おまえってやつは、どこまで間抜けなんだ。総司は今頃、診療所に乗り込んでるぞ。
迅助　え？　でも、俺たちが戻ってくるまで、屯所で待ってるって――
土方　おまえを巻き添えにしたくなかったのさ。あいつ、一人で死ぬつもりでいやがる。
銀太夫　どうしましょう、土方先生。
土方　すぐに戻る。走っていったんじゃ、間に合わねえな。どこかで馬を調達してこよう。
迅助　俺は馬には乗れないんです。先に戻ります。
銀太夫　ちょっと、立川君！

迅助が走り出す。土方・銀太夫も去る。

兵庫　午後六時。迅助は今来た道を、逆に向かって走り始めた。空はどんどん暗くなっていく。が、太陽はまだ沈まない。沖田と話した東寺を過ぎ、西国街道を東へ千メートル、烏丸通を北へ二千メートル走れば、桃山診療所だ。走行距離は往復で四二、一九五キロ。所要時間はぴったり二時間。

13

元治元年七月二十九日、夕。京都洛中、桃山診療所。
沖田が飛び出す。

その 沖田さん!

宇部 (兵庫に刀を向けて)動くな! 動いたら、この男を斬るけえのう。

沖田 あなた方がほしいのは、私の命でしょう。他の人に手を出すのはやめてください。

剣作 じゃったら、刀を捨ててください。早う。

沖田が大刀・小刀を床に置く。それを小野田が取る。

つぐみ 沖田さん、迅助さんはどうしたの? まさか、斬ったの?

沖田 安心してください。立川さんは無事です。

たか子 迅助さんはあなたを斬ろうとしなかったんですか?

沖田 ええ。そのかわり、あの人は私に勝負してくれと言いました。自分が死ぬことで、あなたた

小野田　ちを助けようとしたんです。
美祢　情けない男じゃのう。そねえなことじゃろうと思うちょったが。
沖田　（沖田に）それで、あなたは何しにここへ来たんです。
美祢　斬られに来たんですよ、あなた方に。でも、その前に、つぐみさんたちを放してください。
小野田　ええでしょう。小野田さん、その人たちを外へ出していただけますか。
宇部　沖田は誰が斬るんです。
剣作　秋吉、おまえがやれ。わしはやつの逃げ道を塞ぐ。
小野田　わかりました。小野田さん、お願いします。
つぐみ　（つぐみに）沖田の死に様が見られんで、残念じゃったの。さあ、行け。
小野田　ここは私の家です。あなたの指図は受けません。
沖田　何じゃと？
宇部　つぐみさん。お願いですから、外へ出てください。その前に、これを。（懐から手紙を出す）
沖田　動くな。
　どうせ私は死ぬんだ。最後に手紙を渡すことぐらい、許してくれてもいいでしょう。（手紙をつぐみに差し出す）
つぐみ　（受け取って）これは？
沖田　私の気持ちです。後で読んでください。
つぐみ　あなたは新選組の沖田でしょう？　こんな人たちの言いなりになって、情けないとは思わないの？

小野田　誰が話をしてええっちゅうた。早う、外へ出ろ。
たか子　（つぐみに）行きましょう、つぐみさん。
つぐみ　いやです。私はここにいます。
宇部　おまえも沖田が死ぬのを見たいっちゅうわけか。じゃったら、好きにすればええ。さあ、秋吉。

剣作が刀を沖田に向ける。が、ためらう。

小野田　どねえしたんです、秋吉さん。この期に及んで、怖じ気づいたんですか。
剣作　違う。丸腰の相手を斬るのは、あまり気持ちのええものじゃあないけえ。
宇部　そりゃあそうじゃろう。小野田、やつの刀を貸せ。

小野田が沖田の大刀を差し出す。宇部が受け取り、沖田の足元に置く。

宇部　拾え。

沖田が刀に手をかけた瞬間、宇部が沖田の腕を斬る。

兵庫　沖田さん！
宇部　騒ぐな。これで五分と五分じゃ。秋吉、戦え。

沖田が刀を拾って構える。剣作も構える。そこへ、迅助が飛び出す。

迅助 沖田さん、やっぱりここに来てたんですね。

沖田 何しに来たんです。さっさと屯所へ帰ってください。

迅助 いやです。俺も戦います。

剣作 あなたにもう用はない。そこをどいてください。

迅助 沖田さんに手を出してみろ。今度は、俺があんたを殺す。

小野田 あほう。その前に、わしがおまえを斬っちゃる。

迅助 そうだ、俺は馬鹿だ。でも、あんたたちはもっと馬鹿だ。（刀を抜く）

兵庫 やめろ、迅助。死にてえのか。

迅助 沖田さんは俺のためにここへ来たんだ。俺のために死のうとしてくれたんだ。そんな人を死なせてたまるか。沖田さんが死ぬ前に、俺が死ぬ。それが俺の仕事だ。兵庫！

迅助が脇差を兵庫に投げる。小野田が兵庫に斬りかかる。兵庫がそれをかわし、つぐみ・たか子・そのを自分の背中に隠す。剣作が迅助に斬りかかる。迅助がかわす。宇部が沖田に斬りかかる。沖田がかわす。迅助・沖田が背中合わせになる。

迅助 沖田さん、怪我をしてるんですか？

沖田　左腕を斬られました。小金井さんは？
兵庫　俺は右肩です。無傷なのは、迅助だけです。
迅助　そんな。
沖田　立川さん、覚えてますか。七日前に、道場で教えたことを。
迅助　ええ。あれから毎日、稽古してきました。
沖田　じゃ、今日は実戦です。しかし、焦ることはない。稽古の時と同じようにやるんです。敵に向かい合った時、一番大切なことは？
迅助　目です。敵の動きをよく見ることです。
沖田　（剣作たちに）さあ、どこからでもかかってこい！

小野田が迅助に斬りかかる。

沖田　立川さん、一！

迅助が刀を振る。以下、沖田が数字を叫び、迅助が数字の通りに刀を振る。兵庫がつぐみ・たか子・そのを外へ出そうとする。宇部が兵庫に斬りかかる。兵庫がかわす。美祢が兵庫に斬りかかる。兵庫がかわし、美祢の短刀を叩き落とす。

宇部　美祢殿！

兵庫　美祢さん、もうやめましょう。あなたがやめると言ってくれれば、誰も死なずに済むんです。

美祢　あなたはそれでも武士ですか。武士が一度刀を抜いたら、死ぬまで戦うしかないんです。

兵庫　俺は武士なんかに生まれたくなかった。新選組なんかに入りたくなかった。俺にはまだ見たいものがいっぱいある。知りたいことが山ほどある。こんな所で死ぬのは真っ平だ。

宇部　笑止！

宇部が兵庫に斬りかかる。兵庫がかわす。剣作が迅助に斬りかかる。

沖田　立川さん、五！

迅助が剣作の右肩を斬る。剣作が倒れる。

美祢　剣作！

小野田が兵庫に斬りかかる。

沖田　立川さん、七！

迅助が小野田の左足を斬る。小野田が倒れる。迅助が小野田に斬りかかる。

宇部　小野田！

兵庫　斬るな、迅助！　動けなくすれば、十分だ。殺すことはねえ。

迅助　しかし――

兵庫　おまえの仕事は走ることだ。死んだり、殺したりすることじゃねえ。

迅助　しかし、こいつらを殺さなかったら、沖田さんが――

その　やめてください、兄上！

宇部が迅助に斬りかかる。

沖田　立川さん、三！

迅助が宇部に斬りかかる。宇部がかわす。

宇部　はあおしまいか。そんなら、こっちから行くで。

宇部が迅助に斬りかかる。迅助が受ける。宇部が迅助を突き飛ばす。迅助が倒れる。

宇部　（刀を迅助に向けて）覚悟はできちょるんじゃろうの。

沖田　立川さん、逃げてください。
迅助　いやです。俺は絶対に逃げません。

宇部が刀を振り上げる。そこへ、土方・銀太夫が飛び出す。

土方　立川、下がれ！
沖田　土方さん。
土方　（宇部に）貴様の相手は俺だ。

宇部が土方に斬りかかる。激しい斬り合い。小野田が立ち上がり、土方に斬りかかる。土方が小野田の左腕を斬る。宇部が土方に斬りかかる。土方が宇部の右肩を斬る。

沖田　土方さん、もうやめてください。
土方　総司、なぜ止める。こいつらはおまえを殺そうとしたんだぞ。
沖田　ここは診療所です。傷ついた人を助ける場所なんです。
土方　寝ぼけたことを言うんじゃねえ。
沖田　一生のお願いです。刀を引いてください。
銀太夫　しかし、こいつらは長州浪人でしょう。このまま生きて帰したら、また何をするかわかりませんよ。

沖田　その時は私一人で何とかします。だから、今度だけは。
宇部　貴様の情けなどいらん。（土方に）斬るんなら、早う斬れ。
兵庫　馬鹿、下らん意地を張るな。美祢さん、武士は引き際が肝心です。今、引けば、誰も死なずに済む。
剣作　黙れ。とうに捨てた命じゃ。
美祢　宇部さん、刀を引いてください。
剣作　姉上。
美祢　これ以上、戦っても無駄です。ここは潔く諦めて、出直すことにしましょう。
土方　何だと？
沖田　土方さん。
土方　そんな目で俺を見るな。まるで俺がおまえを殺そうとしてるみたいじゃねえか。
沖田　同じことなんです。土方さんがその人を殺してしまったら。
土方　（刀を引いて、宇部に）何をしてる。早く行け。
美祢　宇部さん、終わりにしましょう。
宇部　しかし、美祢殿。
美祢　あなたにまで、命を無駄にしてほしくないんです。あなたや剣作や小野田さんには、徳山の分まで生きてほしいんです。

宇部が刀を引く。美祢が剣作を、宇部が小野田を支えて去る。沖田がしゃがみ込む。

銀太夫　沖田さん、大丈夫ですか？
沖田　私は平気です。小金井さんの方が、傷が深いんじゃないかな。
兵庫　ええ、とっても痛いです。
土方　立川は無傷か。おまえ、逃げ回ってたんじゃねえだろうな？
兵庫　迅助は立派に戦いましたよ。土方先生にもお見せしたかった。
土方　またの機会に見せてもらうさ。
沖田　つぐみさん、さっきの手紙を返してもらえますか。
つぐみ　どうして？
沖田　あれは、死ぬと思ったから書いたんです。こうして命拾いをしたからには、読まれたくない。
つぐみ　これはもう私のものです。返してほしかったら、またここへ通うって約束してください。
沖田　困ったな。
土方　何だ、手紙とは。
沖田　何でもありませんよ。

そこへ、鳩斎がやってくる。野菜をたくさん持っている。

鳩斎　ハロー、エブリボディー。これだけあれば、一年は野菜を買わずに済むぞ。
たか子　はいはい、よろしゅうございましたね。お野菜は私がお預かりしますから、この人たちの怪我を見てくださいまし。

鳩斎 何かあったのか。

たか子 小金井さんが斬られて、迅助さんが走って、沖田さんが一、二、三……。ああもう、その話は後でゆっくりいたしますから。

鳩斎 要するに、斬り合いがあったんだな？ これだから、新選組は嫌われるんだ。迅助、早く辞めて戻ってこい。

迅助 俺は辞めません。新選組は都の治安を守るために戦ってるんです。殺すために戦ってるんじゃなくて、人の命を守るために。

沖田 小金井さんはどうするんです？

兵庫 俺だって辞めませんよ。だいたい、途中で辞めたら切腹じゃないですか。

沖田 でも、さっき、新選組なんかに入りたくなかったって。

銀太夫 ほう。それは聞き捨てなりませんね。

兵庫 言ったでしょう、知りたいことが山ほどあるって。その中に新選組も入ってるんですよ。

土方 俺も入ってるのか。

兵庫 はい。沖田さんも、迅助も。

銀太夫 私は？

兵庫 正直に言うと、泣くから。

その （泣き出す）

たか子 どうしたんです、そのさん。

その　よかったです。兄上が死ななくて。誰も死ななくて。

たか子　本当にそうですね。さあ、兄上、怪我人のお手当てをお願いいたします。

兵庫を支えて、迅助が去る。後を追って、鳩斎・たか子・そのが去る。反対側へ、土方・銀太夫も去る。

つぐみ　沖田さん。あなたは手当てしなくていいの?

沖田　本当に大したことはありませんから。

つぐみ　こんな時まで、意地を張らなくてもいいじゃない。

沖田　こんな時だから、意地を張るんですよ。私は武士ですから。どうかお元気で。

つぐみ　あなたこそ、どうかお元気で。

沖田が礼をして去る。つぐみが手紙を開く。

つぐみ　「つぐみ殿。願わくば、心にお留め頂きたき事。新選組は、誠の旗の下に集いし者達にて候。即ち、死を恐るることのなき男ども也。それがし、常より感ずるに、己の死は恐るるに足らず。されど、近藤・土方両先生の死は堪え難き事にて候。我が剣は帝の為ならず。上様の為ならず。すべては、両先生の為にて候。両先生がご存命の内に死にたるが、それがしの本望にて候。ただ一つの心残りは、それがしの死によりて、つぐみ殿の診療の、甲斐なきものとなる事也。何とぞ、何とぞご容赦のほどを、心より願い上げ奉る。重ねて、心にお留め頂きたき事。この世に、沖田総司なる、取るに足らぬ男の風が、短く強く吹きし事」

つぐみが手紙を懐にしまう。去る。

14

明治十一年九月一日、朝。神奈川横浜、河川敷。
剣作がやってくる。地面に座って、本を読み始める。

剣作「明治元年一月三日。幕府軍と薩摩・長州の連合軍がついに激突。俺たち新選組も伏見で戦った。が、連合軍は最新式の銃を備えているため、まるで歯が立たない」(頁をめくる)
「一月五日。幕府軍は完全に敗北。連合軍に追われて、大坂へと逃げた。俺が江戸から京都へ来たのが、元治元年。つまり、京都には四年いたことになる。四年前は楽しかった。池田屋騒動や蛤御門の戦など、何度も恐ろしい目に遭ったが、その度に沖田に助けられた。が、沖田は一年前から寝込むようになり、今度の戦にも参加していない。土方の話によると、やはり労咳らしい。あの時、桃山診療所に通い続けていれば、こんなことにはならなかったのに」
(頁をめくる)
「一月十一日。目が覚めると、布団の中で寝ていた。枕の横に、美祢殿が座っていた。俺は一月六日の戦いで腹と足を撃たれ、倒れたらしい。それがたまたま、美祢殿と剣作の家の近くだったのだ。俺は五日も眠り続けていたらしい。剣作の話によると、幕府軍は大坂でも戦い

に敗れ、船で江戸へ逃げたそうだ。どうやら、俺は置いていかれたのだ」（頁をめくる）
「五月四日。結局、四カ月も美祢殿の世話になってしまった。何度も礼を言って、大坂を発つ」（頁をめくる）
「五月二十五日。江戸の実家に着く。親父の話によると、先月、板橋の刑場で近藤が首を斬られたそうだ。新選組はどうなってしまったのか。すぐにでも後を追いかけたいが、一体どこにいるのか」（頁をめくる）
「六月二日。沖田が千駄ヶ谷にいるというので、直ちに駆けつけた。が、一足遅かった。三日前に死んでいた。沖田はまだ二十五歳だった。せめて一目だけでも会いたかった。会って、礼が言いたかった」（頁をめくる）
「明治二年五月三十日、箱館五稜郭の戦が終わった。土方は、すでに五月十一日に戦死していたらしい。あの男は新選組の隊士として、最後まで幕府のために戦った。土方の死によって、新選組の歴史は完全に幕を閉じた」

そこへ、兵庫がやってくる。

兵庫 まだ読んでるのか？　そんなにおもしれえか、俺の日記？

剣作 ええ。あの頃のことが、いろいろよみがえってきて。あの忙しい時に、ようこれだけ書く暇がありましたね。

兵庫 それが俺の生き甲斐だったんだよ。俺は子供の頃から、本が好きだった。いつかは自分の本

剣作　が書きたいと思ってたんだ。

兵庫　そんな人が、どうして新選組に入ったんですか。

剣作　親父の跡を継ぎたくなかったからだ。しかし、入りたくて入ったわけじゃねえから、どんどん欲求不満がたまっていく。それをこの日記にぶつけてたってわけさ。ところが、毎日書いてるうちに、俺が本当に書きたいものが何なのか、見つけることができた。

兵庫　何じゃったんですか、そりゃあ。

剣作　人間だ。だから、新聞社に入ったんだ。

兵庫　なるほどね。で、試合はいつ終わるんです。それを聞いてきたんでしょう？

剣作　もうすぐらしい。このまま行けば、新橋の方が勝つってさ。

兵庫　迅助さんはおったんですか？

剣作　ああ。（遠くを指して）ほら、見ろよ。今、棒を持って出てきた男。

兵庫　（遠くを見て）本当だ。顔はよう見えんけど、あの背格好は間違いなく迅助さんだ。

剣作　終わったら、ここへ来てくれって伝言しておいた。

兵庫　小金井ちゅうて名乗ったんですか？

剣作　いや。驚かせてやろうと思ってな。何しろ、十年ぶりだから。

兵庫　こんな大事な日に遅刻してくるなんて。どうせなら、最初から試合が見たかったのう。

剣作　それは何度も謝ったじゃないか。取材が終わったのが、夜明け近かったんだよ。

兵庫　そのまま寝んかったらよかったのに。

剣作　そう思った瞬間に寝ちゃったんだよ。

剣作　奥様は起こしてくれんかったんですか？

兵庫　俺があんまりよく寝てるから、もう少しもう少しって思ったらしい。

剣作　姉上は小金井さんには甘いんじゃから。

兵庫　でも、いざとなると怖いぞ。何しろ、沖田を殺そうとしたぐらいの女だからな。

剣作　もう昔の話ですよ。

兵庫　それがそうでもねえんだよ。この前なんか――（遠くを見て）あ、迅助が打ったぞ。

剣作　（遠くを見て）走っちょる、走っちょる。

兵庫　相変わらず速いな。あ、敵が球を拾った。

剣作　でも、まだ走っちょりますよ。

兵庫　捕まるぞ、逃げろ！

剣作　よし、逃げた。また走り始めた。

兵庫　あ、捕まる。よし、球が逸れた。走れ、迅助！

剣作　凄い。もうすぐ一周しますよ。

兵庫　走れ、迅助！　走れ！　あと少し！　よーし。

剣作　迅助さんの仲間が飛び上がっちょる。勝ったんじゃろうか？

兵庫　さっきは負けてたぞ。でも、みんな喜んでるな。

剣作　勝ったんですよ、きっと。ほら、礼をしちょる。

拍手をする二人。

剣作　ベースボールっちゅうのは、おもしろそうですね。やっぱり最初から見たかったのう。
兵庫　しつこいやつだな。何度も謝ったのに。
剣作　あ、迅助さんがこっちへ来る。手を振ってみましょうか。
兵庫　やめろよ、恥ずかしい。
剣作　じゃ、私がかわりに振りますよ。
兵庫　（手を振って）おーい、迅助！　おーい！

遠くに迅助が見える。野球のユニフォームを着て、バットを持っている。兵庫たちに向かって、大きく手を振る。兵庫と剣作も大きく手を振る。

剣作　迅助さんが持っちょる長い棒は何ですか？
兵庫　あれはバットというものだ。
剣作　遠くから見ると、まるで刀みたいですね。
兵庫　おいおい、十年前じゃねえんだぞ。
剣作　そうじゃった。迅助さんも私たちも、はあ武士じゃないんですよね。
兵庫　生きててよかったな、秋吉。
剣作　迅助さんですか？　ええ、本当に。
兵庫　馬鹿。俺たち、みんなだよ。

剣作　そうですね。生きちょられたけえ、こうしてまた会えたんですよね。
兵庫　迅助！　おまえ、何してたんだ！
迅助　（聞こえない、という身振り）
兵庫　十年間、何してたんだ！
迅助　（何か言う）
兵庫　何だ！　聞こえないぞ！
迅助　（何か言う）
剣作　（兵庫に）聞こえませんね。
兵庫　俺には聞こえたぞ。
剣作　何です。迅助さんはなんちゅうたんです。
兵庫　走り続けてたって。

兵庫が笑う。剣作も笑う。迅助も笑う。
迅助の背中で、土方・沖田・銀太夫も笑っている。

〈幕〉

アローン・アゲイン

ALONE AGAIN

登場人物

光男　（ノンフィクションライター）
あおい　（女優）
みのり　（あおいの妹・幼稚園の先生）
将太　（あおいの友人・幼稚園の園長）
鞍馬　（あおいの友人・喫茶店経営）
紅子　（あおいの友人・鞍馬の妻）
葉子　（光男の姉・あおいのマネージャー）
鳥羽専務　（葉子の上司）
咲子　（編集者）
嵐山　（編集者）
のぶ枝　（幼稚園の先生）
文太　（将太の弟・送迎バスの運転手）
エリカ　（ＤＪ・ロックバンドのボーカリスト）

1

一人の男が椅子に座っている。本を開いて、読み始める。

作家

まず最初に断っておくけど、これから始まる物語は、すべて事実だ。もちろん、登場人物の名前はみんな変えてある。が、彼らは間違いなく、現実に存在する人間だ。彼らと出会わなければ、僕はこの物語を書かなかっただろう。特に、彼女と出会わなければ。彼女と初めて会ったのは、冬の終わり。駅から彼女のマンションまで、ガタガタ震えながら歩いたのを覚えている。いや、震えたのは、寒さのせいではない。僕はきっと緊張していたのだ。彼女は女優だった。僕は、いつもブラウン管を通して、彼女の姿を見つめていた。好きだったのかと聞かれれば、むしろその逆だったと答えるしかない。僕は、彼女が苦手だった。どんなに小さな脇役でも、けっして手を抜こうとしない彼女。必死で演じれば演じるほど、彼女の笑顔は泣き顔に見えた。そんな不器用な生き方が、ブラウン管のこちら側にも伝わってきて、僕の胸をチクチク刺した。彼女は、まるで僕だった。小説が書きたくて、でも書けなくて、生活のために引き受けた仕事を、ガムシャラにこなす。そうすることで、自分をごまかそうとしていた。そんな僕の鼻先に、いきなり鏡を突きつけられたような気がしたのだ。「このままでいいの？」と。僕は、彼女に会うのが怖かった。が、実際に会ってみると、その気持ちは百八十度変わってしまった。彼女の本当の笑顔が見たい。無理に浮かべた笑顔じゃなくて、心の底から湧き上がってくる笑顔が。僕はそんなふうに思ってしまったのだ。今になってみれば、よくわかる。僕は、彼女が好きだった。

そこへ、一人の女がやってくる。

編集者　そろそろ本番ですよ。準備の方はいいですか？

作家　大丈夫です。ちょっと緊張してますけど。

編集者　やっぱり？　実は、私も足が震えてるんですよ。ラジオに出るなんて、生まれて初めてだから。

作家　ちょっと待ってください。今日のゲストは僕ですよ。あなたは、ただの付き添いなんですからね。

編集者　わかってますよ、それぐらい。でも、隙があれば、一言ぐらい。

作家　まあ、一言ならいいか。僕が本を出せたのは、あなたのおかげなんだし。

そこへ、もう一人の女がやってくる。

DJ　えーと、今日のゲストは、あんた？

編集者　違います。私はこの人の付き添いです。

ＤＪ　（作家に）てことは、あんたね。あれ？　私、前にあんたと会ったことなかったっけ？

作家　ありますよ、一度だけ。

ＤＪ　いつ？　どこで？

作家　三月の初めに、このスタジオで。実は、この本の中に、あなたのことも書いたんですよ。

（と本を示す）

ＤＪ　何よ。私が、あんたの本に出てくるの？　なんて題名の本？

編集者　『ファーザー・アロング』ですよ。今、ベストセラーになってるでしょう？

ＤＪ　私、読んだよ。結構おもしろかった。

作家　ありがとうございます。

ＤＪ　てことは何？　この本に出てくる、頭の悪そうなＤＪが私？

作家　そうです。

ＤＪ　なめとんのか、われ。あん？

編集者　まあまあ、これは小説ですから、多少の誇張はありますよ。私なんか、「アヒルみたいにガーガーうるさい女」って書かれてるんですよ。

ＤＪ　でも、それは事実じゃない。

作家　当然です。僕は、事実をありのままに書いただけですから。

ＤＪ　そう言えば、人の頭の後ろに、花が見えるって人が出てきたよね？　あれも本当の話？

作家　ええ。その人には見えるんです。人によって、咲いてる花は違うらしいんですけど。

DJ　あんたの花は何？

作家　本の中に書いてあったでしょう？　ひまわりですよ。

DJ　ハハハハ。

作家　笑うことないでしょう。本当のことなんだから。

DJ　ごめんごめん。あんたの頭の後ろに、ひまわりがドバッて咲いてるのを想像したら、たまらなくなっちゃって。

作家　あなたの後ろにも咲いてるんですよ。どんな花かはわからないけど。

編集者　花が萎れたら、その人の寿命も終わるんですよね？

作家　ええ。

編集者　だとしたら、私は見えない方がいいな。人が死ぬのが前もってわかるなんて、あんまり気持ちのいいものじゃないでしょう。

DJ　でも、一人に一つずつ、花が咲いてるなんて、素敵だよね。

作家　それを知ったのは、この本に出てくる人たちに出会ったからなんですよ。

DJ　私、会ってみたいな。その人たちに。

作家　会えますよ。この本を読めば、いつでも。

作家が本を開く。背後に、六人の男女が現れる。六人は、それぞれ一本ずつひまわりを持っている。六人が作家にひまわりを差し出す。

2

嵐山がやってくる。周囲を見回し、椅子に座る。そこへ、鳥羽専務・葉子がやってくる。

鳥羽専務　するとおまえは何か？　悪いのは全部、俺だって言いたいのか？

葉子　そんなこと言ってません。私はただ、うちの会社がもっと大きければよかったのにって思っただけです。そうすれば、テレビ局なんかにナメられずにすんだのに。

嵐山　あのー。

鳥羽専務　（葉子に）バカやろう！　天下の鳥羽プロダクションが、テレビ局ごときにナメられてたまるか。

葉子　だったら、どうしてあおいちゃんは役を降ろされたんですか？

鳥羽専務　マネージャーのおまえがまぬけだからだよ。

葉子　専務。何度も言うようですけど、私は精一杯やりました。みのもんたみたいなプロデューサーにまでおべっか使って、やっとの思いでこの仕事を取ってきたんです。

鳥羽専務　が、あっさり横取りされた。名前も聞いたことのないような新人にな。

葉子　でも、その新人には、大きな大きなプロダクションがついてるんです。

嵐山　あのー。
鳥羽専務　（葉子に）言い訳するな！　いいか八坂。わが鳥羽プロダクションのモットーは、「不言実行、誠心誠意、一度食いついた獲物は死んでも放すな！」。仕事を横取りされておいて、よくおめおめと帰ってこられたな。
葉子　わかりました。もう一度、プロデューサーに頼んできます。
鳥羽専務　さっきの電話を聞いてなかったのか？　俺がいくら脅しても、ヘラヘラ笑ってやがった。
葉子　だったら、社長に頼んでもらいましょうよ。
鳥羽専務　バカ。こんなことに、いちいち親父を引っ張り出せるか。
嵐山　あのー。
鳥羽専務　横から口出しするな！
嵐山　でもー。
鳥羽専務　口出しするなって言ってるのがわからないおまえは誰だ！
嵐山　清水あおいさんのマネージャーさんが、こちらにいらっしゃると伺ったんですが。
葉子　私ですけど、何か？
嵐山　やっぱり、あなたでしたか。（名刺を差し出して）私、荒波書店で編集をしております、嵐山梅太郎と申します。
葉子　（受け取って）はじめまして。八坂です。
鳥羽専務　（嵐山に）本屋さんが、芸能プロダクションに何の用です。百科事典のセールスなら、間に合ってますよ。

嵐山　私はセールスマンではありません。（カバンから雑誌を取り出して）実は私、今月号の月刊四万十川で、清水さんの文章を読みまして、大変感動いたしました。
葉子　ありがとうございます。あおいが聞いたら、きっと喜びます。
嵐山　つかぬことをお伺いしますが、この『私の思い出』というエッセイをお書きになったのは、清水さんご本人でしょうか？
鳥羽専務　どうしてそんなことを聞くんですか？
嵐山　タレントさんの文章は、普通、ゴーストライターが書くと聞いたものですから。
鳥羽専務　僕はゴーストが大嫌いなんですよ。この時も、最初は断ろうとしたんです。それなのに、八坂がやらせてみましょうって言い出しまして。「あおいちゃんは、小学生の時に読書感想文のコンクールで一等賞を取ったんですよ。エッセイぐらい、お茶の子サイサイですよ」
葉子　そんなこと、言いましたっけ？
鳥羽専務　言ったよ。タイトルは確か、『フランダースの犬を読んで』だったよな？
嵐山　清水さんは、『フランダースの犬』がお好きなんですか？
葉子　感想文を書いたぐらいですから、たぶん。
嵐山　私も、あの話は大好きです。パトラッシュが好きな人に、悪い人はいません。やっぱり、私の目に狂いはなかった。こうなったら、ぜひともお仕事をお願いしたくなりました。
鳥羽専務　だから、その仕事っていうのは、何なんですか？
嵐山　清水さんに小説を書いていただきたいんです。
葉子　小説？

嵐山　清水さんには、才能があります。芥川賞だって夢ではありません。
鳥羽専務　芥川賞？
嵐山　私、編集という商売柄、いろいろな小説を読んで参りました。が、これほど感動したのは、武者小路実篤先生の『友情』だけ。最後のところなんか、涙なしでは読めません。（と読む）「そして、今でも私の心の中には、あの時のケンジくんの泣き顔が……」（と泣く）
鳥羽専務　いや、そうでしたか。あおいに小説をね。（名刺を差し出して）私、専務の鳥羽と申します。
嵐山　（名刺を差し出して）嵐山梅太郎です。
鳥羽専務　あおいの文才に気づかれるとは、なかなかお目が高い。私も、あのエッセイには光るものを感じていたんです。しかし、あおいの本業は、あくまでも女優ですからね。小説なんか書いてる暇があるかどうか。
嵐山　お忙しいのは、十分承知しています。が、清水さんの文才を、このまま埋もれさせてしまうのは、あまりに惜しい。惜しすぎる。
鳥羽専務　わかりました。嵐山さんがそこまで仰るなら、私が何とかしましょう。
嵐山　本当ですか？
鳥羽専務　男に二言はありません。まあ、詳しいことは、寿司でも食いながら話しましょう。よし、八坂くんも一緒に行こう。今日は、僕がおごっちゃうぞ。（と歩き出す）
葉子　専務。ちょっと待ってください。（と鳥羽専務の腕をつかむ）
鳥羽専務　（嵐山に）すいません。先に行っててください。

嵐山が去る。

鳥羽専務 何だよ。

葉子 まさか、本気であおいちゃんに書かせるつもりじゃないでしょうね？

鳥羽専務 冗談で、寿司なんかおごると思うか？　あおいにとっては、五年ぶりに巡ってきたチャンスなんだ。小説を書いて、芥川賞を取って、それがドーンと売れてみろ。ドラマの話がドバドバ来るぞ。

葉子 でも、一応、あおいちゃんの気持ちも聞いてみないと。

鳥羽専務 ゴチャゴチャ言うな。わが鳥羽プロダクションのモットーは、「不言実行、誠心誠意、一度狙った獲物にはまず寿司だ」！

そこへ、嵐山が戻ってくる。

嵐山 あのー。

鳥羽専務 今、行きます！（葉子に）とにかく、俺はもう決めたんだ。あおいが嫌がっても構わない。おまえがケツを叩いて、何とか書かせるんだ。わかったな？（と歩き出す）

葉子 専務！

嵐山・鳥羽専務・葉子が去る。

3

みのり・将太がやってくる。みのりはエプロンをして、将太は花束を持っている。

将太 悪かったな、遅くなっちゃって。

みのり 食事はもう終わっちゃいましたよ。園長先生の分は、全部みんなで食べちゃいました。

将太 本当か？

みのり 嘘ですよ。お姉ちゃんは食べちゃおうって言ったけど、私が何とか守り抜きました。

将太 守り抜かなくてよかったのに。実は俺、我慢できなくなって、幼稚園で食ってきたんだ。食パン一斤。

みのり また食パンですか？　何もつけないで？

将太 仕方ないだろう？　仕事しながらだったんだから。

みのり そうか。私だけ、先に帰ってきちゃってすいませんでした。

将太 いいって、いいって。それより、他のみんなは？

みのり 向こうで、洗い物をしてます。

そこへ、あおいがやってくる。

あおい　みのり、鞍馬くんがコーヒーをいれてくれるって。飲むよね？

将太　よう。

あおい　何よ。もう来ないかと思ってたのに。

将太　遅くなってすまん。（花束を差し出して）誕生日おめでとう。

あおい　（受け取って）ありがとう。幼稚園の方、忙しいの？

将太　まあな。もうすぐ二月なのに、園児がなかなか集まらなくてさ。

みのり　やっぱり、子供の数が減ってきてるんですよね。

あおい　ということは、いよいよ倒産？

将太　バカ。そう簡単に諦めてたまるか。

あおい　何よ、本当に潰れそうなの？

みのり　お姉ちゃん、そういう言い方やめてくれる？　園長先生だって、こんなに遅くまで仕事して、頑張ってるんだから。

あおい　頑張らないと潰れるのか。

みのり　だから、潰れる潰れるって言わないでよ。

そこへ、鞍馬・紅子がやってくる。

鞍馬　あおいさん、すいません。コーヒーメイカー、爆発しちゃいました。

将太　よう。

紅子　あら、やっと現れたわね。

鞍馬　久しぶりですね、将太さん。

将太　この前も会っただろう、おまえらの店で。

紅子　一月も前の話よ。また来るって言ったのに、一度も顔を見せなかったわね。

鞍馬　（将太に）今週から、ランチタイムのメニューを増やしたんですよ。

紅子　（将太に）おいしいわよ。うちの人が開発した、アフリカ風フランス料理。

将太　（鞍馬に）一体どういう料理なんだ。

紅子　（花束に気づいて）あら、キレイなお花。将太からのプレゼント？

あおい　まあね。

鞍馬　将太さんも、やる時はやりますね。ぐりぐり。

将太　うるさいな。俺が花を贈っちゃいけないのかよ。

紅子　いけないなんて言ってないわよ。フリージアか。あおいの好きな花、ちゃんと覚えてたのね。

みのり　花って言えば、鞍馬さん。人の頭の後ろに、花が見えるんですって？

鞍馬　……誰に聞いたの？

将太　すまん。俺がしゃべった。

鞍馬　誰にも言わないでって頼んだのに。

将太　もうあおいから聞いてるかと思ってさ。
あおい　私が言うわけないじゃない、そんなバカバカしい話。
みのり　何よ。お姉ちゃんは信じてないの？
あおい　あんたは信じるわけ？
みのり　だって、鞍馬さんが嘘をつくとは思えないし。
あおい　私は、別に嘘だって言ってるんじゃないの。鞍馬くんには、本当に見えるかもしれない。
でも、それは単なる思い込みかもしれない。
みのり　それって、結局、鞍馬さんを疑ってることにならない？
紅子　まあまあ、姉妹喧嘩はやめなさい。
みのり　紅子さんは信じてますよね？
紅子　もちろんよ。コーちゃん、みんなの花は元気？
鞍馬　(見回して) 元気元気。
将太　よかった。今、死んだら、幼稚園がどうなるかわからないからな。
あおい　へえ、将太は信じてるんだ。
将太　信じないわけにはいかないだろう。うちの親父が死ぬのも当てたんだし。
鞍馬　僕は何も言ってませんよ。
将太　言わなくても、わかったんだよ。おまえの態度で。
紅子　まあまあ、花の話はもういいでしょう？　今日は、あおいの誕生日なのよ。
鞍馬　あおいさん、いくつになったんですか？

あおい　二十七。
将太　養成所を卒業した時は、二十二だったよな？　てことは、あれからもう五年も経ったんだ。
紅子　結局、役者を続けてるのはあおいだけか。
あおい　あんまり役者らしい仕事はしてないけどね。
鞍馬　そう言えば、最近、テレビに出てないですね。
紅子　コーちゃん、なんてこと言うのよ。
あおい　いいよ、本当のことなんだから。最近、ずっと暇なんだ、私。
みのり　お姉ちゃん。皆さんに、あの話をしたら？
紅子　何、何？
あおい　いや、別にたいしたことじゃないんだけど、テレビドラマのレギュラーが決まったんだ。
将太　本当か？
鞍馬　（あおいに）どこのテレビ局ですか？
あおい　フジヤマテレビ。毎週木曜の九時から。
紅子　ゴールデンタイムじゃない。いつから始まるの？
みのり　オンエアは四月からで、撮影は来週から。そうだよね、お姉ちゃん？
あおい　（紅子に）一応断っておくけど、主役じゃないよ。三番目ぐらい。
将太　充分すごいよ。おめでとう。
紅子　（あおいに）絶対、毎週見るからね。頑張ってよ。
あおい　ありがとう。

鞍馬　（紅子に）さてと、僕らはそろそろ帰ろうか。
紅子　もう？
鞍馬　明日も早いし。
将太　じゃ、俺も帰ろうかな。
みのり　そんな。今、来たばっかりじゃないですか。
将太　まだ仕事が終わってないんだ。のぶ枝先生に続きを頼んで、顔だけ出しに来たんだよ。
紅子　そう言わずに、もう少し話をしていきなさいよ。あんたたち、会うのは久しぶりなんでしょう？
将太　しかし、園長が仕事をサボるわけにはいかないだろう。
紅子　いいから、あと三十分だけここにいなさい。コーヒーでも飲みながら、二人で話をするのよ。
みのり　でも、コーヒーメイカー、爆発しちゃったんですよね？
紅子　コーちゃんのバカ。

そこへ、葉子がやってくる。

あおい　葉子さん。こんな時間に、どうしたの？
葉子　こんばんは。
将太　あおいから聞きましたよ。レギュラーの仕事が決まったんですって？

紅子　（葉子に）ちょうど今、その話で盛り上がってたんですよ。
鞍馬　（葉子に）せっかくだから、もう一度乾杯しませんか？
みのり　（葉子に）さあ、座って座って。
葉子　ごめんなさい。
将太　どうしたんですか、いきなり。
葉子　あおいちゃん、皆さん、ごめんなさい。
あおい　事務所で何かあったの？
葉子　ドラマの話、ダメになったのよ。今日、テレビ局へ行ったら、急に他の人に決まったって。
将太　でも、撮影は来週からなんでしょう？
みのり　（葉子に）そんなことって、あるんですか？
葉子　私も抗議したんだけど、大手から圧力がかかったみたいで。
みのり　そんなの、ひどい。
葉子　ごめんなさい。
あおい　いいよ、葉子さんが謝らなくても。こんなの、よくあることじゃない。
葉子　でも、久しぶりのレギュラーなのに。
あおい　そのうち、もっといい話が来るかもしれないじゃない。いくら落ち目だからって、焦っても仕方ないいし。いけね。自分で、落ち目なんて言っちゃった。
将太　役者の仕事は、一生だもんな。きっとまたチャンスが回ってくるさ。
あおい　そうそう。その時が来たら、また頑張るってことで、この話はおしまい。みんな、今日は

紅子　どうもありがとう。
鞍馬　またみんなで集まろうよ。私が声をかけるからさ。
あおい　（あおいに）今度は、うちの店にしませんか？　僕が料理を作りますよ。
紅子　いつでも電話してよ。私は、これで当分暇になったから。
みのり　じゃ、おやすみ。
将太　私、そこまで送ります。
あおい　あおい、元気出せよ。
　　　　将太もね。

紅子・鞍馬・将太・みのりが去る。

葉子　ごめんね、あおいちゃん。
あおい　葉子さんこそ、大変だったんじゃない？　専務に怒られたでしょう？
葉子　私はいつものことだから。そうだ。実は、いいニュースもあるんだ。
あおい　何？
葉子　この前、月刊四万十川にエッセイを書いたの覚えてる？
あおい　『私の思い出』ってヤツ？
葉子　そうそう。あれを読んだ荒波書店の人がね、あおいちゃんに小説を書いてくれって言ってきたのよ。

あおい　小説？
葉子　すごい才能だってほめるから、専務もその気になっちゃってさ。
あおい　まさか、引き受けたんじゃないでしょうね？
葉子　引き受けた。
あおい　ちょっと待ってよ。私に小説なんか書けるわけないじゃない。
葉子　わかってるわよ、そんなこと。また光男に書かせるから、大丈夫。
あおい　また葉子さんの弟さんに？　専務はそのこと知ってるの？
葉子　言えるわけないじゃない。専務はゴーストライターが大嫌いなのよ。
あおい　私だって大嫌いよ。自分は何もしてないのに、ファンレターまで来るんだもの。「あおいさんのエッセイ、とっても感動しました。あおいさんは、女優より作家の方が向いていると思います」なんて、冗談じゃないわ。
葉子　でもね、私も考えたのよ。小説が売れれば、またあおいちゃんに注目が集まる。ドラマになったり、映画になったりすれば、あおいちゃんも出演できる。自分が書いた小説なんだもの、当然、主役よ。
あおい　主役？
葉子　荒波の人が言ってたわ。「清水さんには、エッセイの時のように、ぜひご自分のことを書いていただきたい」って。
あおい　つまり、自伝てこと？
葉子　だから、あおいちゃんには、光男と会って、話をしてほしいのよ。その話を元にして、光

あおい　男が小説にまとめるってわけ。つまり、今度の小説は、あおいちゃんと光男の、共同作業なの。

葉子　でも、実際に書くのは私じゃない。私、ゴーストライターの手を借りてまで、主役をやりたいとは思わない。

あおい　一回だけよ。たとえ小説が売れて、他の出版社が群がってきても、絶対に二作目はやらないから。

葉子　でも……。

あおい　あおいちゃんに、二度とイヤな思いをさせたくないのよ。駆け出しの子に、役を横取りされるなんて。

葉子　……わかった。やるよ。

あおい　本当？

葉子　でも、一つだけ条件がある。弟さんに約束させてほしいのよ。嘘は絶対に書かないって。私が話したことを、話した通りに書くって。

あおい　わかった。約束させる。あー、安心したらおなかすいちゃった。なんか、歌でも歌いたい気分だな。

葉子　歌って？

あおい　

葉子が歌う。あおいが去る。

4

光男がやってくる。ノートとペンを持っている。

光男　だから、人の部屋で勝手に歌うなよ。
葉子　いいじゃない、歌ぐらい。
光男　隣のヤツが不審に思うだろう？「あら、お隣の八坂さん、いつの間に子供を作ったのかしら」って。
葉子　子供はこんなに上手に歌えないわよ。
光男　うるさいうるさい。用事があるなら、さっさと済ませてくれよ。俺は今、忙しいんだ。（とノートを開く）
葉子　仕事中だったの？
光男　明日の朝までにＦＡＸで送るって約束なんだ。
葉子　どんな仕事？
光男　ノンフィクションだよ。一人の女性が、別の人間に生まれ変わるまでの過程を、ドキュメンタリー・タッチで描くんだ。

葉子　（ノートを覗いて）「私はこれで二十キロ痩せた」
光男　（ノートを閉じて）人のノートを勝手に読むなよ。
葉子　またでっち上げの体験記？　ノンフィクションライターが、そんな嘘ばっかり書いてていいの？
光男　わかってないな。ノンフィクションライターが書くから、嘘ってバレないいんじゃないか。
葉子　どうせ嘘を書くなら、もっとマシな嘘にしない？
光男　何だよ、それ。
葉子　仕事を持ってきてあげたのよ。もっとやりがいのある仕事を。
光男　怪獣ショーの台本なら、お断りだぞ。
葉子　そんなんじゃなくて、もっとお金になる仕事。
光男　バラエティのコントか？　確かに金にはなるけど、俺のギャグは高級すぎて誰も笑わないんだよな。
葉子　低級すぎても笑わないいんじゃない？
光男　どういう意味だよ。
葉子　まあまあ、怒らないで。今日、私が持ってきたのはね、小説の仕事なのよ。
光男　小説？　やるよやるよ。どうしてそれを先に言わないの。
葉子　いきなり言ったら、心臓麻痺でも起こすんじゃないかと思ってさ。
光男　で、どんなのを書けばいいの？　推理もの？　歴史もの？　恋愛ものは勘弁してほしいな。ろくなネタがないから。

葉子　題材はもう決まってるんだ。女優の自伝。
光男　女優って、もしかして、清水あおい？
葉子　当たり。
光男　そうか。彼女、最近、落ち目だもんな。人気を取り戻すために、彼女を主人公にした伝記を書けってわけだ。
葉子　そうじゃなくて、あおいちゃんを作者にして書いてほしいの。
光男　作者？
葉子　この前、あおいちゃんの名前でエッセイを書いてもらったでしょう？　あれが結構評判よくてさ。
光男　断る。
葉子　何でよ。
光男　ゴーストライターはやりたくないんだ。誰か、他のヤツを探してくれ。
葉子　エッセイの時は、喜んで書いたくせに。
光男　俺がいつ喜んだ。他にやるヤツがいないって言うから、仕方なくやったんだ。
葉子　そのわりに、ずいぶん気合いが入ってたじゃない。
光男　まともな文章を書くのは、久しぶりだったからな。月刊四万十川って言ったら、結構売れてる雑誌だし。
葉子　自分の書いた文章が載ってるのを見て、どう思った？　うれしかったでしょう？
光男　恩きせがましいこと言うなよ。どうせ、俺に書かせれば安くあがると思ったんだろう？

葉子　わかってないわね。あのエッセイは、本当は断るはずだったの。でも、あんたが仕事がなくて困ってるって言うから、専務に嘘をついて、無理やり引き受けたのよ。

光男　それは、ありがたいと思ってるよ。

葉子　じゃ、今度もやってくれる？

光男　悪いけど、ゴーストだけはやるなっていうのが、親父の遺言なんだ。

葉子　死んでないわよ、お父さんは。とにかく、あんたが書いてくれないと困るのよ。

光男　どうして俺なんだよ。物書きなら、他にもたくさんいるだろう？

葉子　荒波書店の人が、あんたの文章を気に入ったの。

光男　荒波書店？

葉子　編集部の嵐山って人。あのエッセイを読んで、泣いちゃったんだって。

光男　わかる人にはわかるんだな、俺の才能が。

葉子　私は全然、気がつかなかったけどね。ぜひ小説を書いてほしいって言ってきたの。タレント本みたいないい加減なヤツじゃなくて、一人の作家として本を出してみないかって。

光男　雑誌に載るんじゃなくて、本になるのか。

葉子　もちろん、本になっても、光男の名前は出ない。でも、売れるかどうかは、あんたの腕にかかってるのよ。それって、あんたの実力を試すチャンスだと思わない？

光男　いくら売れたって、それは清水あおいの本だろう。俺は胸を張って言えないんだ。「この本は俺が書いたんだ」って。

葉子　（ノートを取り上げて）じゃ、この体験記はどうなのよ。「二十キロ痩せたのは俺だ」って、

光男　胸を張って言える？

葉子　（ノートを取り返して）それとこれとは話が違うだろう？

光男　いつまで、こんなくだらないものを書いてるつもり？　あんたも作家なら、一冊ぐらい自分の本を出したいとは思わないの？

葉子　いつかは出してみせるさ。俺が書きたいものを書いて。

光男　それが今じゃいけないの？　清水あおいを材料にして、書きたいものを書けばいいじゃない。一冊の本になれば、いろんな人に読んでもらえるのよ。先輩の作家とか評論家に。

葉子　そいつらはなんて言うと思う。もしおもしろいと思っても、ほめられるのは俺じゃない。清水あおいじゃないか。

光男　あおいちゃんは、印税の半分をあんたにあげるって言ってるのよ。

葉子　半分？　一冊千円として、印税は百円。

光男　十万部売れたら一千万。あんたの取り分は——

葉子　五百万！　やらせてください。

光男　商談成立ね。（と右手を差し出す）

葉子　でも、一つだけ条件がある。清水あおいに、約束させてくれ。俺が書くものに、絶対に口出ししないって。そのかわり、取材はきっちりやるから。

光男　わかった。約束させる。

5

みのりがやってくる。

みのり　すいません、お待たせしちゃって。
葉子　いいのよ。いきなり押しかけてきたのは、こっちなんだから。
みのり　お姉ちゃん、子供の頃からお風呂が長いんですよね。
光男　風呂が長い。（とメモする）
葉子　（みのりに）放っておくと、二時間でも三時間でも入ってるよね。中で何をしてるのかな？
みのり　歌でも歌ってるんじゃないですか？　このマンションのお風呂、よく響くから。
光男　風呂で歌う。（とメモする）
葉子　（みのりに）探す時は苦労したんだ。あおいちゃんが「絶対、お風呂の広い部屋」って言うから。
みのり　そうだったんですか。私までちゃっかり居候しちゃって、すいません。
光男　ちゃっかり居候。（とメモする）
みのり　あなた、さっきから、何を書いてるんですか？

そこへ、あおいがやってくる。

あおい　ごめんね、待たせちゃって。

葉子　あれ？　わざわざ洋服を着てきてたの？

あおい　パジャマ姿でお客さんの前に出たら、失礼でしょう？

葉子　残念だったわね、光男。

光男　ちょっと残念。（とメモする）

葉子　メモはいいから、こっちを向いて。あおいちゃん、こいつが弟の光男。

あおい　（光男に）はじめまして。清水あおいです。

光男　お邪魔してます。

葉子　（あおいに）こんな時間にごめんね。こいつが「早く取材して、早く書き始めたい」って言うから。

光男　（あおいに）早速ですけど、僕の質問に答えてもらえますか？

みのり　じゃ、私、お風呂に入ってきます。お風呂には取材に来ないでくださいね。

みのりが去る。

あおい　で、最初の質問は何ですか？

光男　その前に言っておきますけど、質問にはできるだけ正直に答えてください。初めて会う人間にいろいろ聞かれるのは、あんまり気持ちのいいものじゃない。でも、これは仕事なんだから。
あおい　わかってます。私だって、嘘を書かれたくないですから。
光男　じゃ、最初の質問。ひろしとピョン吉では、どっちが好きですか。
あおい　私はどっちかって言うと、梅さんかな。
葉子　（光男に）軽くかわされたわね。
光男　うるさい。（あおいに）子供の頃に関しての質問です。お父さんとお母さんでは、どっちが好きでしたか。
あおい　どっちもどっちかな。二人とも仕事ばっかりしてたから、小さい頃はチェッて思ってた。でも、今は同じ働く人間として、尊敬してるってところかな。
光男　なるほどね。兄弟は、さっきの妹さんだけでしたよね？
あおい　そう。あの子、今はしっかりしてるけど、小さい頃は泣き虫だったんだ。
光男　あなたが面倒を見てたんですか？
あおい　母親の帰りが遅くなると、「お母さん、お母さん」て泣くのよ。仕方ないから、アニメの真似をしたりして、必死で笑わせてたんだ。それが、お芝居をして、初めて楽しいって思った経験。
光男　それが癖になって、養成所の試験を受けたと。
葉子　ずいぶん飛ぶわね。試験を受けたのは、大学に入ってからよ。

光男　彼女の人生を全部書くわけじゃないんだ。質問していくうちにおもしろそうなネタが見つかったら、それだけに絞って書く。たとえば、養成所の頃の思い出とか。

葉子　それはいいかもね。あおいちゃんがデビューしたのは、その頃なのよ。大学と養成所とテレビドラマを、いっぺんにやってたのよね。

光男　(あおいに) 大学はともかく、どうして養成所まで？　普通だったら、やめるでしょう。

あおい　私、養成所が好きだったの。いろんな人が集まってて、人生勉強にもなったし。

葉子　その頃のお友達とは、今でも時々会ってるのよね。

光男　(あおいに) もしかして、恋人ですか？

葉子　違う違う。

光男　姉さんは黙っててくれよ。俺は清水さんに聞いてるんだ。

あおい　友達ですよ、みんな。

光男　じゃ、質問を変えます。初恋はいつですか？

あおい　小学生の時。隣の席のケンジくん。

葉子　エッセイに出てきた子ね？

光男　(あおいに) 現在、恋人はいますか？

あおい　それは、書かなくていいよ。

光男　何を書くかは、僕が決めます。恋人はいますか？

あおい　答えたくないな。

光男　じゃ、好きな人はいますか？

あおい　それも、答えたくない。
光男　芸能界の人ですか？
あおい　ノーコメント。
光男　正直に話してくれって言いませんでしたっけ？
あおい　何から何まで答えるとは言ってないでしょう？
光男　読者が読みたいのは、ここのところだと思うんですが。
あおい　だったら、女性週刊誌でも読めばいいじゃない。
光男　俺は興味本位で聞いてるんじゃない。
葉子　答えたくないって言ってるんだから、いいじゃない。他の質問にしなさいよ。
光男　まず、今の質問に答えてからだ。
あおい　意地になってても、何も言わないよ。
光男　意地になってるのは、どっちだ。仕事に感情を持ち込むのはやめろよ。
あおい　葉子さんから聞いてないの？　あなたは私が話したことを、話した通りに書けばいいのよ。
葉子　ちょっと、二人ともやめなさいよ。
光男　（あおいにノートを突き出して）ここに書いてある質問に、全部答えてくれ。それができないなら、俺は降りる。
葉子　光男、待ちなさい！

光男が去る。

葉子　ごめんね。気の短いヤツで。
あおい　弟さん、本当はゴーストライターなんか、やりたくなかったんじゃない？
葉子　そんなことないわよ。ほら、見て。（とノートを示して）質問事項がビッシリ書いてある。ここへ来る途中、電車の中で書いてたのよ。あいつはあいつなりに、この仕事に燃えてたみたい。
あおい　でも、私にだって、言いたくないことの一つや二つ、あるのよね。
葉子　全部答えろとは言わない。でも、できるだけあいつに協力してやってくれないかな。
あおい　じゃ、葉子さんが書いてよ。葉子さんなら、私のこと、よくわかってるし。
葉子　私が知ってること、全部書いちゃっていいの？
あおい　全部は困る。でも、養成所の頃のことだったら。
葉子　そうか。彼と付き合い始めたのは、卒業した後だったもんね。

あおい・葉子が去る。

6

みのりがやってくる。原稿用紙の束を広げて、読み始める。

みのり

こうして、私たちの卒業公演は終わった。大学と養成所とテレビ局の間を、コマネズミのように駆け回る日々。寝る時間もないほど忙しかったのに、なぜか一度も苦しいとは思わなかった。むしろ、このまま永遠に続けばいいとさえ思った。が、公演はたった一日で終わり、すぐに卒業式の日がやってきた。その夜、私たち四人は、久しぶりに幼稚園に集まった。私たちは、お互いの未来について語り合い、ビールを飲み、大声で歌った。歌いながら、それぞれがすでに別の道を歩き始めていることに気づいていた。彼は父親の跡を継いで、この幼稚園を守る。卒業公演の主役までやったのに、誰よりも役者としての未来を期待されていたのに、夢を諦めようとしている。でも、そのことに触れる人間は誰もいなかった。彼がブランコに乗ろうと言い出して、私たちは外へ出た。砂場、滑り台、ジャングルジム。私たちが遊ぶには、あまりにも小さすぎて、でもそれが楽しくて、私たちは大声で笑った。みんなの笑い声を聞きながら、私は教室の灯をぼんやり見つめた。練習している私と彼が、まだそこに見えるような気がして。いつの間にか、彼が隣に立っていた。

「もう会えなくなるのかな」。私がそう尋ねると、彼は笑って首を横に振った。そして、ブランコの方へ歩いていった。そうだ。私たちの卒業公演は、まだ終わってないんだ。彼の乗ったブランコがゆっくりと揺れ始めた。その揺れを、私はいつまでも見つめていた。

みのりが去る。
みのりの科白の間に、鳥羽専務・嵐山がやってくる。嵐山はワープロ用紙の束を広げて、読んでいる。

嵐山　清水あおい作、『ブランコは揺れているか』完。むう……。
鳥羽専務　嵐山さん、どうしたんですか？　しっかりしてくださいよ、嵐山さん！
嵐山　（顔を上げて）私が読みたかったのは、これです！
鳥羽専務　いけますか？
嵐山　（泣く）
鳥羽専務　そうですか。いけますか。
嵐山　しかし、女優さんが、自分の恋愛経験をここまではっきり書いてしまっていいんでしょうか。
鳥羽専務　いいんじゃないですか？　事実かどうかわからないんだし。
嵐山　いや、私にはわかります。この小説は、フィクションにしては、あまりにリアリティがありすぎる。ああ、それなのにそれなのに、作者の視点はあくまでクールで客観的。とても女性が書いたものとは思えません。

鳥羽専務　これもすべて、嵐山さんのご指導のおかげですよ。
嵐山　私は何もしてません。何しろ、清水さんにはまだ一度もお目にかかってないんですから。
鳥羽専務　そうでしたっけ？
嵐山　小説というものは、作家と編集者が二人で協力して作り上げるもの。清水さんとは、何度もお会いして、仲良しになるところから始めようと思っていたのに。
鳥羽専務　あっという間に完成してしまいましたからね。
嵐山　二週間で四百枚。実に、一日三十枚のペースです。プロの方でも、なかなかこうはいきません。
鳥羽専務　プロ顔負けってことですか。やっぱり嵐山さんの目に狂いはなかったんですね。そして、俺の目も。
嵐山　ゲラが出たら、すぐにお持ちします。その時には、ぜひ清水さんに会わせてください。次回作のこともありますから。
鳥羽専務　もう次回作ですか？　ずいぶん気が早いですね。
嵐山　この作品が出版されたら、他から依頼が殺到するでしょうから。
鳥羽専務　そうなったら、テレビ局の方から「出演してください」って頼みに来るでしょうね。いい気味いい気味。よし、今日も寿司をおごっちゃおうかな。

鳥羽専務・嵐山が去る。

7

鞍馬・紅子がやってくる。

紅子　よし、これで準備オーケイね。
鞍馬　料理はできたし、ワインも冷えてるし。後は、みんなが来るのを待つだけだ。
紅子　その前に、電話がかかってきたら、どうする?
鞍馬　大丈夫だよ。約束の時間まで、まだ五分もある。
紅子　ダメだ。私、また緊張してきちゃった。私が緊張しても仕方ないのに。
鞍馬　そこが紅ちゃんのいいところさ。友達思いのところが。
紅子　何言ってるのよ。私より、コーちゃんの方が友達思いじゃない。
鞍馬　そんなことないよ。僕はただの紅ちゃん思いさ。
紅子　イヤね、コーちゃんたら。

そこへ、将太・みのりがやってくる。

将太　よう。相変わらず、イチャイチャしてるな。
鞍馬　悔しかったら、将太さんも結婚すればいいじゃないですか。
将太　誰と。
鞍馬　そんなの決まってるでしょう?
みのり　お姉ちゃん、まだ来てないんですね。
紅子　あら、みのりちゃんたちと一緒じゃなかったの?
みのり　私たち、幼稚園から直接来ちゃったから。
将太　(紅子に)それで、電話は?
紅子　まだかかってこないのよ。さっきから、心臓がドキドキしちゃって、今にも口から飛び出しそう。
将太　落ち着けよ。おまえが賞をもらうわけじゃないんだから。
紅子　でも、珍しいわね。将太が集まろうって言い出すなんて。
将太　こういう時は、みんなで酒でも飲みながら、のんびり待った方がいいんだよ。受賞できたら受賞パーティーになるし、ダメだったら残念パーティーにもなる。
鞍馬　その方が、あおいさんのためですよね。ぐりぐり。
将太　うるさいな、いちいち。

そこへ、あおい・葉子がやってくる。

葉子　お待たせしました、皆さん。
紅子　（あおいに）待ってたわよ、新人賞候補。
葉子　電話は来ました？
鞍馬　まだです。そろそろかかってきてもいい頃だと思うんですけど。
あおい　どうせダメなんだから、気にすることないのに。
みのり　そういう言い方はやめなさいよ。みんな、お姉ちゃんのことを心配してくれてるんだから。
将太　どっちにしても今日はパーッとやろう。つまらないことは忘れて。
あおい　何よ、つまらないことって。
紅子　（将太に）幼稚園の方、あんまりうまく行ってないの？
将太　はっきり言って、今月がヤマだな。
鞍馬　やっぱり、園児が集まらないんですか？
みのり　すぐ近くに、英才教育を売り物にしてる所があるんですよ。私立の小学校を受験するには、そっちに行った方が有利みたい。
紅子　将太の幼稚園だって、いい所なのに。
鞍馬　（将太に）剣道を教える幼稚園なんて、健康的でいいですよね。
将太　親にとっては、健康より進学の方が大事なんだよ。
あおい　それじゃ、いよいよ潰れるわけ？
みのり　だから、潰れる潰れるって言わないでよ。
将太　その時は、またみんなでパーッとやろう。「さよなら、大原幼稚園」って。

鞍馬　やりましょう、またうちの店で。
紅子　コーちゃんのバカ。

電話のベルの音。

将太　来たか、ついに。
紅子　コーちゃん、出てよ。
鞍馬　僕が？　あおいさん、出てくださいよ。
あおい　私が？　葉子さん、出てよ。
葉子　仕方ないわね。（と受話器を取り）はい、星のフラメンコです。

遠くに光男が現れる。

光男　もしもし。私、八坂と申しますが。
葉子　なんだ、光男？　ビックリさせないでよ。
光男　そのバカな声は姉さんだな？　電話はかかってきた？
葉子　まだよ。結果が出たらすぐに知らせるから、そこでおとなしく待ってなさい。
光男　気になって、ジッとしていられないんだよ。
葉子　だったら、あんたもこっちへ来ればいいじゃない。

光男　でも、俺が行ったら変じゃないかな？

葉子　誰も気にしないから、大丈夫よ。じゃあね。（と受話器を置く）

みのり　弟さんですか？

葉子　ウチの弟、あおいちゃんの大ファンなのよ。だから、あおいちゃんが受賞できるかどうか、気になるみたいで。

そこへ、光男がやってくる。

光男　実はそうなんです。

葉子　光男。あんた、どこから電話してたの？

光男　すぐそこの公衆電話。（みんなに）突然お邪魔して、すいません。

将太　いいんですよ。一人でも多い方が、にぎやかになるし。なあ、あおい。

あおい　……うん。

鞍馬　（光男に）まあまあ、立ってないで、座ってくださいよ。

紅子　（光男に）せっかくだから、あおいの隣にどうぞ。

光男　いや、僕はそんな身分の者ではありませんから。

みのり　何、遠慮してるんですか。座って座って。

みのりが光男の腕を引っ張り、あおいの隣の椅子に座らせる。

光男　（あおいに）はじめまして。僕、前からファンだったんです。
あおい　いつも葉子さんにお世話になってます。
紅子　（光男に）あなた、あおいの小説、読みました？
光男　ええ、まあ。
紅子　なかなかおもしろかったでしょう？　素人にしては。
将太　いや、プロ顔負けだよ。（あおいに）おまえが小説を書くなんて、全然知らなかった。どうして今まで隠してたんだよ。
あおい　別に隠してたわけじゃないの。突然、書きたくなったから、書いたのよ。
将太　それでいきなり群青新人賞か？　作家志望のヤツが聞いたら、怒るぞ。
光男　仕方ないですよ。清水さんには才能があったんだから。
鞍馬　あの小説の主人公、やっぱりあおいさんなんですか？
光男　そうです。
鞍馬　あなたに聞いたんじゃないですよ。どうなんですか、あおいさん？
あおい　私そのものじゃないけど、モデルにはなってるかな。
鞍馬　ということは、主人公の友だちのバカみたいな男。あれはやっぱり、僕なんですね？　あおいさんが僕のことをどう思ってるか、よくわかりましたよ。
将太　怒ることないだろう。あれは小説なんだぞ。
葉子　話をおもしろくするために、デフォルメしてるのよ。そうよね、あおいちゃん。

光男　（鞍馬に）いや、作者は正直に書いてると思いますよ。
葉子　どうしてあんたにわかるのよ。
紅子　（あおいに）そう言えば、美人の友だちも出てたわね。あれって、当然、私でしょう？　やめてよ、照れるじゃない。
将太　おまえが照れてどうするんだよ。小説だって言ってるじゃないか。
紅子　あら、将太だって、照れてるんじゃないの？　カッコいい恋人役で。
あおい　だから、あれはあくまでも小説なの。私だったら、あんなこと書かない。
鞍馬　今、なんて言いました？
みのり　そう言えば、鞍馬さん。お姉ちゃんの花、今はどうですか？
鞍馬　……どうって？
みのり　元気に咲いてますか？　もしいつもより元気だったら、賞が取れるってことになるでしょう？
光男　花って、何のことですか？
鞍馬　いや、何でもないんです。
将太　隠すことないだろう、今さら。
紅子　（光男に）うちの人はね、人の頭の後ろに花が見えるんです。あおいはフリージア、将太はスイートピー、みのりちゃんはアネモネ、私はヒナゲシ。
葉子　鞍馬くんは？
鞍馬　わかりません。頭の後ろを覗くわけにはいかないし、花は鏡に映らないから。

光男　その花は、一体何を表してるんですか？
紅子　命です。その人の寿命が終わりそうになると、花も萎れて見えるんです。
葉子　じゃ、花を見れば、その人がいつ死ぬか、わかっちゃうんだ。
鞍馬　わかっても、絶対に言いませんけどね。
将太　態度には出るけどな。
みのり　(鞍馬に) お姉ちゃんの花、どうですか？　元気に咲いてますか？
あおい　いいよ、言わなくて。
鞍馬　うん、今日はやめとこう。
みのり　どうしてですか？　結果が早くわかれば、ドキドキしなくて済むのに。
鞍馬　それはそうだけど、何が起きるかわからないのが、人生なわけだし。
光男　じゃ、僕の花は？
鞍馬　あれ、今日は調子が悪いな。あんまりよく見えないや。
将太　どうしてそんなにイヤがるんだよ。まさか、この人の花……。

電話のベルの音。

将太　今度こそ、来たか。
紅子　コーちゃん、出てよ。
鞍馬　僕が？　あおいさん、出てくださいよ。

あおい　私が？　葉子さん、出てよ。
光男　君が出ろよ。候補になったのは、君の小説なんだから。
あおい　わかったわよ。（と受話器を取って）はい、星のフラメンコです。……清水は私ですが。……受賞というのは、どういうことなんでしょうか？　……はい。……はい。どうもありがとうございました。（と受話器を置く）
みのり　お姉ちゃん、取れたのね？
あおい　……来週の日曜日、授賞式に来いって。
紅子　やったあ！
将太　おめでとう、あおい！
鞍馬　よし、受賞パーティーを始めましょう。料理とお酒は、奥に用意できてます。
紅子　みんな、運ぶのを手伝ってくれる？

鞍馬・紅子・みのり・将太が去る。あおいも去りかけるが、ふと立ち止まり、光男を見る。光男もあおいを見る。そこへ、将太が戻ってくる。

将太　あおい。鞍馬がシャンパンを開けるってさ。一緒に乾杯しよう。
あおい　わかった。

将太・あおいが去る。

葉子　やったわね。おめでとう。
光男　ああ。
葉子　何よ。うれしくないの？　さあ、あんたも一緒に乾杯しよう。

葉子が去る。光男が笑う。去る。

8

鳥羽専務がやってくる。周囲を見回し、ニヤリと笑う。そこへ、あおい・葉子がやってくる。

葉子　おはようございます、専務。
鳥羽専務　はい、おはよう。どうだ、あおい？　新人賞受賞作家の気分は。
あおい　普通です。
鳥羽専務　そうか、普通か。俺は、いつも平常心を忘れないおまえが、大好きだよ。でもな、俺の話を聞いたら、平常心ではいられなくなるぞ。
葉子　何かいい話が来たんですか？
鳥羽専務　八坂、見直したぞ。テレビ局と映画会社に、あおいの小説を送ったんだってな？
葉子　マネージャーとして、当然のことです。
鳥羽専務　来たぞ来たぞ、大物が。
葉子　テレビですか？　映画ですか？
鳥羽専務　映画だよ。大瓦監督から、直々に電話があったんだ。
葉子　それって、本命だったんですよ。あおいちゃんは、前から、大瓦監督の映画に出たいって

あおい　言ってたんです。（あおいに）そうよね？　でも、まさか、本当に出られるようになるなんて。
葉子　よかったね、あおいちゃん。
鳥羽専務　まあ、何から何までトントン拍子というわけにはいかないけどな。もしかして、相手役がイヤなヤツとか？（あおいに）それぐらいは我慢できるよね？
あおい　（鳥羽専務に）大丈夫です。私、我慢するの、得意だから。
鳥羽専務　そう言ってもらえると、ありがたいよ。実は、主役は他の女優なんだ。
葉子　なんですって？
鳥羽専務　いや、俺もガンバったんだけどな、相手は天下の大瓦だろう。下手に逆らうわけにもいかなくて。
葉子　何が天下の大瓦ですか。自分はいつも、天下の鳥羽プロダクションって言ってるくせに。
鳥羽専務　話は最後まで聞けよ。映画化の権利だけって言われたところを、あおいも含めて五人もウチから出せることになったんだぞ。
あおい　また脇役ですか。
鳥羽専務　そう言うなって。養成所時代の仲間で、女が一人いただろう？　主人公の親友の。あの役だよ。
葉子　それで、専務はオーケイしちゃったんですか？　清水あおいが主役じゃないなら断るって、どうして言ってくれなかったんですか？
鳥羽専務　冷静になって考えてみろ。今のあおいが、主役なんかやれると思うか？

そこへ、咲子がやってくる。

咲子　失礼します。鳥羽専務は、こちらにいらっしゃいますでしょうか？

葉子　すいません、今、取り込み中なんです。

鳥羽専務　伏見さんですね？　お待ちしてましたよ。こちらへどうぞ。

咲子　お邪魔します。

鳥羽専務　（あおいに）紹介しよう。マシンガンハウスの伏見さんだ。

咲子　清水あおいさんですね？　群青新人賞、おめでとうございました。

あおい　ありがとうございます。

咲子　受賞直後は、いろいろとお忙しいでしょう？　それなのに、わが社の仕事を引き受けてくださって、ありがとうございました。

葉子　は？

咲子　とりあえず、半年間連載していただいて、原稿が溜まったところで、単行本にしようと思っています。

葉子　すいません。話がよく見えないんですが。

咲子　（鳥羽専務に）こちらの方は？

鳥羽専務　あおいのマネージャーです。八坂。おまえはお茶を入れてこいよ。

葉子　専務。これはどういうことですか？

咲子　マネージャーさんはご存じないんですか？
葉子　ええ、全然。ぜひ、詳しい話を聞かせてください。
咲子　実は、昨日、こちらの事務所にお電話しまして、清水さんにエッセイを書いていただきたいとお願いしたんです。
あおい　エッセイ？
咲子　清水さんもご存じないんですか？
鳥羽専務　あおいの気持ちは、私が一番よくわかってますから。やるよな、あおい？
葉子　いきなり言われても、困りますよ。
鳥羽専務　おまえに聞いてるんじゃない。どうなんだ、あおい？
あおい　（咲子に）半年間ですか？
咲子　もちろん、評判がよければ、いくらでも延長します。
あおい　本になるんですか？
咲子　今時、固い純文学なんか書いても、大して売れるわけありません。その点、エッセイは手軽な読み物ですから、たくさんの人に読んでもらえます。
あおい　でも、私なんかが書いたエッセイが、売れるでしょうか？
咲子　今の若い女性が求めているのは、自分たちと同世代の感覚を持った作家なんです。清水さんの本なら、必ずベストセラーになると思います。
葉子　大変ありがたいお話ですけど、清水の本業は女優ですから。
咲子　エッセイを書けば、女優としての幅も広がるんじゃないでしょうか。

葉子　映画の話も決まったところだし、これから忙しくなると思うんですよね。
鳥羽専務　そうでもないだろう。どうせ大した役じゃないんだし。
葉子　でも、久しぶりの映画です。作家の仕事は少し休んで、本業の方に専念させたいんですよ。
鳥羽専務　いつからおまえが方針を決めることになったんだ。
あおい　私、やります。
咲子　本当ですか？
あおい　ええ。やらせてください。
鳥羽専務　（葉子に）ほら、見ろ。
葉子　あおいちゃん、本気？
あおい　無理かな？　時間、ないかな？
葉子　……それは、どうにでもなると思うけど。
あおい　葉子さん、お願い。
葉子　でも、本当にいいの？　イヤだったんじゃないの？
鳥羽専務　あおいがやりたいって言ってるんだ。何か問題でもあるのか？
あおい　（咲子に）よろしくお願いします。
咲子　こちらこそ。私にできることでしたら、何でもお手伝いします。
葉子　ちょっとすいません。急いで連絡を取りたいところがあるんで、これで失礼します。あおいちゃん。

葉子・あおいが去る。入れ違いに、嵐山が入ってくる。

鳥羽専務　あれ、嵐山さん。
嵐山　今のはもしかして、清水あおいさんではありませんか？
鳥羽専務　そうですよ。
嵐山　失礼します。（と後を追おうとする）
鳥羽専務　まあまあ。（と引き止めて）お話でしたら、私が伺いますから。
嵐山　しかし、せっかくお会いできたのに。
鳥羽専務　ここへ来れば、またいつでも会えますよ。で、今日のお話は？
嵐山　清水さんと次回作の打合せをしたいと思いまして。
鳥羽専務　ああ、その話ですか。
嵐山　次は思い切って、長編に挑戦してみるというのはいかがでしょう？
鳥羽専務　申し訳ない。嵐山さんのところは、また今度ってことにしてもらえますか。
嵐山　どういう意味ですか？
鳥羽専務　こんな言い方をして、怒らないでくださいよ。もっと条件のいい話が、先に決まっちゃったんですよ。（咲子に）ねえ。
咲子　ええ。
嵐山　（鳥羽専務に）こちらの方は？
咲子　私、マシンガンハウスの伏見咲子と申します。（と名刺を差し出す）

嵐山　（受け取って）読めば読むほどバカになるマシンガンですか。
咲子　そういうあなたは？
嵐山　荒波書店の嵐山梅太郎です。（と名刺を差し出す）
咲子　（受け取って）読めば読むほど婚期が遅れる荒波ですか。
嵐山　婚期が遅れるとは何ですか。私だっていつかは気立てのいい人と。
鳥羽専務　まあまあ。私は、これから、伏見さんと打合せがありますんで。（咲子に）詳しいことは、ステーキでも食いながら話しましょう。寿司はもう食い飽きたし。

鳥羽専務・咲子が去る。そこへ、葉子が戻ってくる。

葉子　よかった。やっぱり、嵐山さんだったんですね。
嵐山　私は絶対に諦めませんよ。（と行こうとする）
葉子　ちょっと待ってください！　嵐山さんにお願いがあるんです。
嵐山　何ですか？
葉子　（封筒を出して）これ、私の弟が書いた小説なんですけど、読んでもらえませんか？
嵐山　（受け取って）小説ですか。
葉子　一応、才能はあるみたいなんです。でも、プロの方の感想も聞いてみたいって言うんで。
嵐山　わかりました。読みましょう。
葉子　すいません。いきなり面倒なことを頼んじゃって。

嵐山　私の生き甲斐は、新しい才能を育てること。喜んで、お引き受けします。

嵐山が去る。

9

光男がやってくる。

光男　あれ？　姉さん一人しかいないの？　清水さんは？
葉子　またお風呂。それより、光男。あの小説、嵐山さんに渡しといたわよ。
光男　どうだった？　読んでくれるって？
葉子　「喜んでお引き受けします」だって。嵐山さんて、見た目はあんまりパッとしないけど、いい人よね。
光男　惚れたのか？
葉子　バカなこと言うんじゃないの。それより、あの小説、どうなるかな？　荒波書店で出版してくれたら、言うことなしなんだけど。
光男　そんなにうまくいくわけないだろう？　俺は、清水さんみたいな有名人じゃないんだし。
葉子　謙遜しちゃって。あんた、結構、自信があるんでしょう？
光男　まあな。少なくとも、前のヤツよりは楽に書けた。作者が男だってバレないように、気を使う必要もなかったし。

葉子　また賞を取っちゃったら、どうする？　とうとう作家の仲間入りじゃない。
光男　サインの練習でもしておこうかな。

そこへ、あおいがやってくる。

あおい　こんばんは。わざわざ来てもらって、すいません。
光男　聞いたよ、映画の話。おめでとう。
あおい　これもみんな、光男さんのおかげです。
光男　本気で言ってる？
あおい　ええ。おかげで、大瓦監督と仕事ができることになったし。
葉子　あおいちゃんの夢が一つかなったのよね。
あおい　（光男に）エッセイの仕事、引き受けてくれて、ありがとうございました。
光男　せっかくだから、いいものにしよう。でも、意外だったな。
葉子　何が？
光男　清水さんがエッセイをやるって決めたことだよ。俺は金のためなら何でもやるけど、清水さんはどうして？　小説の時は、あんなにイヤがってたのに。
あおい　専務がもうオーケイしちゃってたから。
葉子　でも、断ろうと思えば断れた。まだ契約はしてなかったんだし。
あおい　今の私は、仕事を選べるような立場じゃないもの。主役がやりたかったら、もっと本を出して、名前を売らないと。

光男　なるほどね。で、何か希望はある？

あおい　希望って？

光男　どんなエッセイにするかだよ。現代社会を鋭く批判するとか、プライドを捨ててお笑いに徹するとか。

葉子　そういうのより、あおいちゃんの人柄がわかるものの方がいいな。

光男　じゃ、特にテーマは決めないで、身辺雑記って感じにしようか。今日、仕事場でこんなことがあったとか、最近、こんなことに興味を持ってるとか。

葉子　賛成賛成。

光男　清水さんは？

あおい　昔の話ならともかく、今の自分を書くのは、ちょっと照れくさいな。

光男　書くのは俺だよ。君は、自分の思ってることを、正直に言えばいいんだ。

あおい　それは、わかってますけど。

光男　映画の撮影はまだ始まってないよね？　今は何をしてるの。

葉子　それがすごいのよ。小説を書いてから、他の仕事も来るようになって。

あおい　（光男に）明日は、ラジオのトーク番組に出るんです。

葉子　ラジオなんて、久しぶりよね。おまけに生放送だって言うから、緊張しちゃってさ。

光男　そいつはおもしろそうだな。よし、俺も一緒に行こう。

あおい　どうしてあなたが？

光男　その話が、第一回のテーマになるかもしれないじゃないか。だったら、俺も現場を見ておいた方がいい。

葉子　名案じゃない。光男が一緒に来てくれれば、こうやって話をする必要もない。その方が、あおいちゃんも楽よ。

光男　（あおいに）いや、どうせなら、君に毎日くっついて回ることにしよう。

あおい　毎日？

光男　話のネタは自分で探す。自分の目で見たことなら、詳しく書けるし、臨場感だって全然違う。

あおい　それは困る。いくらなんでも、毎日っていうのは。

光男　君の邪魔はしない。俺は君の後ろに立って、見ているだけだ。そうすれば、君が気づかなかったことにだって、気づくかもしれない。

あおい　そんなことまで書く必要あるの？

光男　俺は作家だ。おもしろいものが書きたいんだ。

あおい　でも、それは嘘よ。私は、もう嘘を書かれたくない。嘘は、あの小説だけでたくさんよ。

光男　君は、あれが嘘だって言うのか？

あおい　あそこに出てくる主人公は、私じゃない。私が主人公なら、あんな安っぽい恋愛小説にはならなかったはずよ。

光男　俺は君の話をもとにして書いたんだ。

あおい　何が「もとにして」よ。勝手な憶測まで書き加えて、まるで女性週刊誌じゃない。

光男　憶測じゃない。作家としての想像だ。
葉子　二人とも、落ち着きなさい。今はエッセイの話をしてるんでしょう？　小説に不満が残ってるなら、エッセイを納得できるものにすればいいじゃない。
光男　（あおいに）どうすれば納得できるんだ？
あおい　嘘は絶対に書かないでください。
光男　わかった。そのかわり、俺が一緒に行動しても、文句を言わないでくれ。俺は、君が見たものだけを書くから。本当の君を書くから。

電話のベルの音。

あおい　（受話器を取って）はい、清水です。

遠くにのぶ枝が現れる。

のぶ枝　あおいさん？　私、大原幼稚園の音無です。
あおい　のぶ枝先生。どうしたんですか、こんな時間に。
のぶ枝　実は、幼稚園で火事があって。
あおい　火事？　みのりが怪我でもしたんですか？
のぶ枝　それは大丈夫です。火事って言っても、カーテンがちょっと燃えただけだから。でも、み

葉子　のり先生がショックを受けてるみたいなので、迎えに来てあげてほしいんです。

あおい　（あおいに）みのりちゃん、どうかしたの？

葉子　幼稚園で火事があったんだって。でも、怪我はしてないって。

あおい　迎えに行った方がいいんじゃない？

光男　葉子さん、留守番しててくれる？

あおい　何をグズグズしてるんだ！　行くぞ！

ちょっと！　もうくっついてくるつもり？（と受話器を葉子に渡す）

光男・あおいが走り去る。後を追って、葉子も去る。

のぶ枝　もしもし？　あおいさん？　もしもし？

のぶ枝が受話器を置く。

10

将太・みのりがやってくる。

のぶ枝 みのり先生。気分はどう？

みのり もう大丈夫です。心配をかけて、すいませんでした。

将太 まあ、大きな火事にならなくてよかった。怪我人も、一人も出なかったし。

みのり でも、新聞には載りますよね？　消防車まで来ちゃったんだから。

将太 たぶんね。

みのり それを読んだら、新しい園児はもう来ないんじゃないですか？

将太 今から心配しても仕方ないよ。対策は、また明日になってから考えよう。

みのり でも、今いる園児まで、他へ移るって言い出したりしたら。

のぶ枝 （将太に）私が悪いんです。私が、消防車なんか呼んじゃったから。冷静に考えれば、すぐに消せる火だったのに。

将太 俺が留守にしていたのも悪かったんです。のぶ枝先生のせいじゃない。

のぶ枝 でも、遊戯室は水浸しですよ。

将太　当分、使えないか。
のぶ枝　どうしましょう。
将太　明日から休みにしましょう。春休みにはちょっと早いけど、事情を話せば、父兄もわかってくれます。
みのり　私が連絡します。
将太　今日はもう帰った方がいい。連絡は、俺がするから。

そこへ、文太がやってくる。後から、あおい・光男がやってくる。

文太　兄さん。お客さんだよ。
みのり　お姉ちゃん、どうしてここへ？
あおい　あんたを迎えに来たのよ。（将太に）丸焼けになってたらどうしようかと思った。
将太　わざわざすまん。
のぶ枝　（光男に）あの、あなたは？
あおい　私のマネージャーの弟さんです。たまたま、ウチに遊びに来てたんで。
光男　（のぶ枝に）火事の現場はどこですか？
のぶ枝　奥の遊戯室です。燃えたのは、カーテンだけですけど。
みのり　園長先生がお姉ちゃんを呼んだんですか？
のぶ枝　私が呼んだのよ。みのり先生を一人で帰すのが心配だったから。

みのり　（あおいに）お姉ちゃんは先に帰ってよ。私はまだ仕事があるんだから。
将太　今日はいいって。疲れただろう？
みのり　でも、私のせいなのに。
あおい　みのりのせいなの？
将太　そうじゃないよ。
みのり　私が悪いんです。
光男　一体何があったんですか？
みのり　ストーブをつけて、仕事をしてたの。新しい園児を集めるために、ポスターを作ろうって、のぶ枝先生と相談して。十時過ぎに、換気しようと思って窓を開けて、いつの間にか居眠りしちゃって、目が覚めたらカーテンが。
のぶ枝　違います。みのり先生は悪くありません。
みのり　のぶ枝先生。
のぶ枝　もういいのよ。私、本当のことを言います。
将太　本当のことって？
のぶ枝　私、みのり先生に言ったんです。「眠かったら、寝てていいよ。窓は、私が閉めておくから」って。それなのに、私まで居眠りしちゃって。悪いのは全部、私なんです。本当にすいませんでした。
将太　謝ることないですよ。そんな時間まで仕事をさせたのは、俺なんですから。
のぶ枝　でも、火事を出したのは私です。私、ここを辞めます。

将太　そんな必要はない。
のぶ枝　火事を出した本人がいなくなれば、父兄も安心して子供を預けられますよね？
将太　もういいんです。大原幼稚園は今年で最後にします。
のぶ枝　園長先生、何を言ってるんですか？
将太　もともと、今月の支払いができなかったら倒産するところだったんです。これで、やっと決心がつきました。だから、のぶ枝先生も最後までつきあってくれませんか。
のぶ枝　でも。
将太　お願いします。（あおいに）みのり先生を連れて帰ってくれるか？
光男　任せてください。（みのりに）さあ、帰りましょう。
将太　文太。タクシーを拾ってきてくれ。
文太　タクシーなら、大通りに出れば、すぐに拾えるよ。
光男　ありがとう。ところで、君は誰だ。
あおい　将太の弟の文太くんよ。
光男　（文太に）はじめまして。葉子の弟の光男くんです。
あおい　いいから、タクシーを拾いに行けば？
みのり　（光男に）私も行きます。（将太に）後は、よろしくお願いします。
のぶ枝　（将太に）じゃ、私は父兄に連絡してきます。
文太　俺も手伝うよ。

光男・みのりが去る。反対側へ、のぶ枝・文太が去る。あおいも行きかけて、ふと立ち止まり、振り返る。将太と目が合う。

将太　どうした?
あおい　幼稚園、本当にやめるつもり?
将太　ああ。金を借りようと思って、あちこち走り回ったんだけど、この不景気だろう?　ろくに集まらなかった。
あおい　今月の支払いって、どれぐらいあるの?
将太　あおいには関係ないよ。
あおい　あるよ。私だって、この幼稚園がなくなるの、イヤだもの。思い出の場所だから。
将太　『シラノ・ド・ベルジュラック』か。
あおい　そうよ。四人で夜中まで練習したじゃない。
将太　気がついたら、外が明るくなってたってこともあったよな。
あおい　覚えてる?　バルコニーのシーンの練習。私がジャングルジムのてっぺんに登って。
将太　俺が下から呼びかけたんだ。「ロクサーヌ。わが愛しのロクサーヌ」。
あおい　答えようとしたら、足を踏み外しちゃって、真っ逆さま。でも、落ちたのが将太の上だったから、無事だった。
将太　(額を見せて)その時の傷だよ。人を傷物にしやがって。責任取れよな。
あおい　私が卒業公演に出られたのは、ここで練習ができたからよ。だから、絶対になくなってほしくないの。

将太　でも、もうどうしようもないんだ。打つ手なし。

あおい　お金があれば、何とかなるでしょう？　私から、借金する気はない？

将太　あおいから？

あおい　ほら、私、小説を書いたじゃない。あの印税が結構たくさん入ったのよ。

光男が戻ってくる。二人は気づかない。

将太　気持ちはうれしいけど、あおいから金を借りるわけにはいかないよ。

あおい　どうしてよ。

将太　これは、俺一人の問題だからだ。

あおい　いつもそうだね。お父さんが亡くなった時も、役者をやめた時も、私には一言も言ってくれなかった。

将太　あおいに心配をかけたくなかったんだ。

あおい　それが将太の思いやり？　私には何も知らせない方が、私のためになるっていうの？

将太　そうするしかなかったんだ。言っても、どうにもならないことだし。

あおい　勝手に決めつけないでよ。私にも、将太のために何かさせてよ。

将太　俺はやっぱり、園長なんてやる柄じゃなかったんだ。親父が三十年かけて大きくしたものを、たったの五年で潰したんだからな。

あおい　だから、諦めるの？　役者をやめてまでやろうとしたことを、途中で終わらせるの？

将太　力が足りなかったんだ。諦めるしかないんだ。

あおい　どうしても？

将太　もう答えは出たんだよ。

光男が音をたてる。

あおい　何よ。

光男　タクシーが待ってます。怖そうな運転手だから、あんまり待たせない方がいいと思いますよ。

あおい　今、行くわよ。（将太に）答えを出すのは、もう少しだけ待ってよ。

将太　待っても、答えは変わらないよ。

あおい　頑固なヤツ！

あおいが去る。

光男　悪気はないと思いますよ。

将太　わかってるさ。

光男が去る。反対側へ、将太が去る。

11

エリカがやってくる。椅子に座る。

エリカ　みんな、元気してる？　深草エリカの『ダイナマイト・ヒップ』の時間だよ。エリカたちのニューアルバム、もう聞いてくれたかな？　このアルバムで、なんと私は作詞に挑戦しているのだ！　バンドのメンバーが「エリカならできるよ」っておだてるから、「そうかな？」ってやってみたんだけど、思ったより大変でさ。なぜなら、私は漢字が書けない！ひらがなだけで作詞しようとしたら、童謡みたいになっちゃった。あんまり悔しいから、本屋さんに飛んでいって、生まれて初めて国語辞典を買いました。でも、一度も使わなかった！　だって、考えてもみてよ。意味のわからない言葉に、ハートをこめられるわけないでしょう？　そういうわけで、エリカの作った童謡みたいな歌詞は、結局、ボツになりました。だから、アルバムには入ってないの。残念でした。それでは、今夜の一曲目。エリカたちのニューアルバムから、『ゲーム・オーバー』、行ってみようか！

そこへ、あおい・葉子・光男がやってくる。あおい・葉子が、エリカの向かい側に座る。光男は遠くに座る。

エリカ　（あおいに）この曲が終わったら、ゲストコーナーだから。
葉子　よろしくお願いします。
あおい　（エリカに）このマイクに向かってしゃべるんですよね？
エリカ　あんた、ラジオは初めて？
あおい　三年ぐらい前に、一度だけ。
エリカ　そっか。テレビみたいに、カメラに向かって作り笑いする必要ないから、ずっと楽だよ。普段通りに、私とおしゃべりしよう。合言葉は「楽して儲けろ」。
あおい　わかりました。「楽して儲けろ」ね。
エリカ　えーと、何について聞けばいいんだっけ？
葉子　小説です。群青新人賞を受賞した『ブランコは揺れているか』。
エリカ　それ、私、読んだ。バンドのメンバーが「読め読め」ってうるさいから。ベストセラーなんだって？
葉子　今度、映画になるんですよ。
エリカ　きっと当たるよ。だって、おもしろかったもん。
あおい　ありがとう。
エリカ　そっか。あんたがあの本の作者なんだ。あれ？　作者は女優さんじゃなかったっけ？
葉子　ええ、清水の本業は女優なんです。作家活動はおまけみたいなもので。

エリカ　おまけで賞が取れるなんて、すごいじゃない！　じゃ、本業の方はもっとすごいわけ？
あおい　そうでもないです。これから頑張るって感じかな。
エリカ　あれ？　もしかして、五年ぐらい前に、朝の連続ドラマに出てなかった？
あおい　出てましたよ。それがデビューです。
エリカ　イヤだ、ホント？　私、見てたよ。その頃はまだ小学生だったからさ。
葉子　あなた、本当はいくつなんですか？
エリカ　イヤだな。アーチストに年を聞かないでよ。あ、曲が終わる。ちょっと静かにしてて。（とマイクに向かって）……どうだった？　私って、おしゃべりしてる時はバカみたいだけど、歌ってる時はカッコイイでしょう？　感想、バンバン聞かせてちょうだい。待ってるよ！　さて、ゲストコーナーに行ってみようか。今日のゲストは女優さんで、しかも小説『ブランコは揺れているか』の作者、清水あおいさんです！
あおい　こんばんは。
エリカ　みんなはこの小説、もう読んだかな？　何、読んでない？　チッチッチッ。私は読んだ。漢字は全部飛ばしたけど。
葉子　それで、意味がわかったんですか？
エリカ　（咳払いをして）本を読むのは久しぶりだったけど、ホントにおもしろかった。ベストセラーになるのは、当然だよね。
あおい　ありがとうございます。
エリカ　女優さんが小説を書く暇なんか、よくあったね。私なんか、歌詞を一つ書くのに、一カ月ぐらいかかったのに。

葉子　清水は漢字が書けますから。

エリカ　（咳払いをして）あの小説に出てくる人たちって、本当にいる人たち？

あおい　半分ぐらいかな。

エリカ　半分って？

あおい　モデルにはなってるかもしれないけど、かなり違う部分もありますから。

葉子　後の半分は想像で書いたんですよ。小説ですから。

エリカ　えー、さっきから横でうるさいのは、清水さんのマネージャーさんです。マネージャーさん、一応これは生放送だから、ちょっと静かにしててね。

葉子　失礼しました。

エリカ　さて、清水さん。この小説って、音楽を聞きながら書いたりした？

あおい　えーと。（と光男を見る）

光男　（手でバツを作る）

あおい　（エリカに）聞いてません。集中して書きたかったから。

エリカ　へえ。書くのはやっぱり夜？　それとも昼間？

あおい　えーと。（と光男を見る）

光男　（手で目を塞ぐ）

あおい　（エリカに）夜が多かったかな。

エリカ　小説の中にカッコいい恋人が出てくるじゃない。あれって本物？

光男　（手で丸を作る）
あおい　（エリカに）違います。
エリカ　あれ？　急に顔つきが変わったぞ。あっやしーい。半分はホンモノって思っていいのかな？
光男　（手で丸を作る）
エリカ　あそこで踊ってる人は、何？
葉子　付き添いです、ただの。
エリカ　あの人が恋人だったりして。
あおい　いいえ、全然違います。
エリカ　そっか。ここにはいないけど、とにかく恋人はいると。そうでしょう？
あおい　恋人って呼べるかどうか、わからないけど。
エリカ　何よ。フラれそうなの？
あおい　はっきりしないの。あんまり会わないし。
エリカ　でも、あんたはその人のこと、好きなんでしょう？
あおい　よくわからない。
エリカ　自分の気持ちなのに、よくわからないって何よ。
あおい　気になることは確かなんだ。でも、会えなくても平気なの。
エリカ　無理してるんじゃないの？
あおい　そんなことないよ、たぶん。
エリカ　あのさ、私の場合は、歌が恋人でしょう？　だから、もし歌を歌えなくなったら、きっと

あおい　死んじゃうと思う。そうなったら困るから、いつも喉のことを考えて、大切にしてる。あんたはどうなの？　その人のこと、とことん考えたことある？
エリカ　あるよ。
あおい　じゃ、答えはもう出てるんだよ。
エリカ　そうかもしれない。
あおい　あー、珍しく真剣に喋ったら、頭が痛くなってきちゃった。ゲストコーナーはこれでおしまい。清水あおいさん、またね！
エリカ　ありがとうございました。
葉子　特別出演のマネージャーさんも、またね！
エリカ　お邪魔しました。
それでは今日の二曲目、『アンサー』、行ってみようか！

あおい・葉子・光男・エリカが去る。

12

将太

将太がやってくる。ワープロ用紙の束を広げて、読む。

振り返ると、幼稚園の建物が、五年前と少しも変わらない姿で、私を見つめていた。私は小さな声で建物に話しかけた。「あなただって、なくなるのはイヤでしょう?」。でも、建物は何も言わなかった。園庭のブランコが風に吹かれて、小さく揺れただけだった。幼稚園の持ち主は彼だ。私は彼のことを、諦めるという言葉から最も遠い人だと思っていた。その彼が諦めようとしているのだ。私が何を言っても無駄だということは、初めからわかっていた。が、わかっていても、諦められないことだってある。五年前、もしこの幼稚園がなかったら、真夜中まで練習に付き合ってくれた彼がいなかったら、今の私はなかったかもしれない。いや、今の私だって同じだ。どんなにイヤな仕事でも、それがお芝居なら我慢できる。あの時の練習が、私にお芝居をすることの喜びを教えてくれたから。だから、なくなってほしくない。彼に何と言われようと、私はなくなってほしくないのだ。

将太が去る。将太の科白の間に、葉子・咲子がやってくる。咲子はワープロ用紙の束を広げて、読んでいる。

咲子　ふんふん、なるほど。こう来ましたか。
葉子　どうでしょう、出来の方は？
咲子　小説の時も感じたんですけど、女性にしては語り口が男性的ですね。
葉子　まずいですかね？
咲子　とんでもない。私はそこが気に入ってるんですよ。男が女っぽい文章を書くより、よっぽどマシじゃないですか。
葉子　そうですよね。多少は男っぽい方が、読んでて気持ちがいいですよね。で、中身の方は？
咲子　グーです。
葉子　本当ですか？　本人は、あんまり気に入ってないみたいなんですけど。
咲子　あら、どうしてですか？
葉子　だって、まるで小説の続きみたいじゃないですか。
咲子　読者はそれが読みたいんですよ。小説の方は、二人の恋がこれから始まるぞってところで終わっちゃったでしょう？　あれから二人がどうなったのか、気になってるはずですよ。
葉子　でも、小説を読んでない人には、よくわからないじゃないですか。
咲子　逆ですよ。このエッセイを読めば、二人のことがもっと知りたくなるでしょう？
葉子　そうすれば、今度は小説を買って読むわけだ。いわゆる一石二鳥ってヤツですね？
咲子　しまった。また、荒波の本が売れてしまう。

そこへ、嵐山がやってくる。

嵐山　失礼します。
咲子　あら、噂をすれば、荒波さん。
嵐山　むっ、マシンガン。今日は一体何の用ですか。
咲子　それはこっちの科白ですよ。
葉子　嵐山さん、ごめんなさい。清水は映画の撮影に行ってるんですよ。
嵐山　いいえ。今日は八坂さんに用があって参りました。お預かりした原稿を、お返ししようと思いまして。
咲子　原稿って、まさか、清水さんの？
葉子　違いますよ。（嵐山に）わざわざすいません。
嵐山　（封筒を差し出して）嵐山梅太郎、命を懸けて、読ませていただきました。
葉子　（受け取って）それで、出来の方は？
嵐山　はっきり申し上げて、もう少し勉強をなさった方がよろしいと思います。
葉子　は？
嵐山　ノンフィクションは私の専門外ですから、あまりきちんとした批評はできません。が、この小説には一番大切なものが欠けています。
葉子　一番大切なもの？

嵐山　弟さんにそう伝えていただければ、おわかりになると思います。
咲子　八坂さんの弟さんも作家なんですか？
葉子　ええ。才能があるんだかないんだか、よくわからないんですけど。

そこへ、鳥羽専務がやってくる。

鳥羽専務　どうもどうも、伏見さん。いかがでしたか、あおいのエッセイは。
咲子　はっきり言って、期待以上の出来でした。
鳥羽専務　行けますか？
咲子　もうバッチリです。
鳥羽専務　いいなあ、伏見さんは明るくて。明るい人と仕事するのは、気持ちいいなあ。あれ？　明るくない人もいるぞ。
嵐山　どうも。
鳥羽専務　また、あおいに会いに来たんですか？　残念ですけど、あおいは映画の撮影で留守なんですよ。ざまあみろって感じですよ。
葉子　嵐山さんは、私に会いに来たんです。
鳥羽専務　（嵐山に）八坂を丸め込んで、あおいに次回作を書かせようっていうんですか？　無駄ですよ、そんなこと。
嵐山　そういう手もあったか。

咲子　鳥羽専務。よかったら、また一緒にお食事しませんか？
鳥羽専務　いいですね。エッセイの完成を記念して、ステーキでも食いに行きますか。

電話のベルの音。

鳥羽専務　（受話器を取って）はい、鳥羽。

遠くに光男が現れる。

光男　もしもし。私、八坂と申しますが、八坂はおりますでしょうか？
鳥羽専務　ちょっとお待ちください。八坂、八坂さんから電話。
葉子　すいません。（と受話器を取って）もしもし、お電話代わりました。
光男　姉さん？　俺。
葉子　光男。どうしたの？
光男　清水さんが怪我をしちゃって、今、病院にいるんだ。
葉子　怪我？　どうして？
光男　セットの高い所から落ちたんだ。助監督が気を付けろって言ったのに、彼女、張り切りすぎちゃって。
葉子　ひどいの？

光男　気を失って、救急車で運ばれたんだ。四谷の聖イグナチオ病院だけど、場所、わかるかな？

葉子　四谷の駅の目の前でしょう？　すぐに行くわ。（と受話器を置く）

光男が去る。

鳥羽専務　弟さん、怪我したのか？

葉子　いえ、あおいちゃんです。

鳥羽専務　あおいが？　撮影所に行ったんじゃなかったのか？

葉子　セットから落ちたんですよ。（と行こうとする）

鳥羽専務　待てよ。何でおまえの弟があおいの怪我を知らせてくるんだ？

葉子　その話はまた今度。とにかく、病院に行ってきます。

嵐山　八坂さん、清水さんに伝えてください。苦しくなったら、嵐山の笑顔を思い出してくださいと。

葉子　わかりました。

葉子が去る。

咲子　でも、あなたは清水さんに会ってないんですよね？

嵐山　しまった。八坂さん、ちょっと待ってください。伝言を変えさせてください。

嵐山が去る。後を追って、鳥羽専務・咲子が去る。

13

あおい・みのりがやってくる。あおいは頭に包帯を巻いている。

みのり　大丈夫？　一人で歩けるよね？
あおい　世界が揺れてる。血がいっぱい出ちゃったからかな？
みのり　血が出たってことは、大した怪我じゃなかったってことよ。よかったね。
あおい　大きな声を出さないでよ。頭に響くから。

そこへ、光男がやってくる。

光男　どうだった？
みのり　ただのかすり傷ですよ。三針縫っただけですみました。
光男　骨に異常はなかったんだ。
みのり　一応、ＣＴスキャンも撮りましたけど、たぶん大丈夫だろうって。
光男　よかった。頭から落ちたから、絶対に無事じゃ済まないと思ってたんだ。

あおい　悪かったわね、無事で済ませちゃって。
光男　でも、みのりさんは落ち着いてるな。男の俺がこんなにドキドキしてるのに。
みのり　ウチの園児も、よく怪我をしますから。
あおい　子供と一緒にしないでよ。

そこへ、紅子・鞍馬がやってくる。

紅子　あおい、大丈夫？
あおい　お願いだから、もう少し小さい声で喋って。
紅子　頭に響くの？
みのり　そんな大怪我をして、頭蓋骨にヒビでも入ってるんじゃない？
鞍馬　よかった。立っていられるわけないでしょう？　三針縫っただけですよ。
紅子　今のは嘘よ。電話をもらった時は、葬式の手配まで考えちゃいましたよ。
あおい　だったら、何も二人そろって来ることなかったのに。コーちゃんは、絶対に大丈夫だって言ってたの。
紅子　それは仕方ないわ。私たちはおしどり夫婦だから。ガーガー。
みのり　私、もう幼稚園に戻らないと。紅子さん、鞍馬さん。後はお願いします。
紅子　あおいは私の車で送っていくわ。だから、心配しないで。
あおい　大げさなのよね。頭を打ったくらいで。
みのり　怪我人は黙ってなさい。それじゃ、失礼します。

みのりが去る。

紅子　で、怪我はどれぐらいで治りそうなの？
あおい　全治二週間だって。ちょっとハゲができちゃった。カッコいい？
光男　カッコ悪いよ。
あおい　あなたは黙っててよ。見てただけのくせに。痛い。（と頭を押さえる）
紅子　バカね。自分で大きな声を出して。
光男　鞍馬さん。あなた、やっぱり、知ってたんですね？
鞍馬　何をですか？
光男　清水さんが怪我するってことですよ。だから、この前、花を見るのを嫌がったんでしょう？
鞍馬　怪我まではわかりませんよ。僕にわかるのは、命に関わることだけです。
光男　それじゃ、やっぱり、僕の花が？
鞍馬　あおいさん、そろそろ帰りましょうか。
光男　どうして話をそらすんですか。やっぱり、僕は死ぬんですね？
鞍馬　死にませんよ。あなたの花は元気です。
光男　目が笑ってない。
鞍馬　本当ですって。もう、その話はいいじゃないですか。
あおい　そうよ。「あなたの花は萎れてます」って言われたって、どうしようもないわけでしょう？

紅子　だったら、知らない方がいいのよ。
あおい　何よ。あおいも信じるようになったわけ？
　そういうわけじゃないけど、将太のお父さんのことも当てたんでしょう？　だから、ちょっと気になっただけ。

　そこへ、葉子がやってくる。

葉子　あおいちゃん！　歩いたりして平気なの？
あおい　ごめんね、心配かけて。三針縫っただけで、骨には異常なし。今、検査の結果待ち。
光男　光男。あんたは何してたの？　見てただけ？
葉子　見てただけじゃない。いろんなことを考えてたんだ。「あ、落ちそうだ」とか、「あ、落ちた」とか。
葉子　考える暇があったら、助けに行きなさいよ。だらしないわね。
鞍馬　弟さん、現場にいたんですか？
紅子　撮影所に？
光男　ええ、まあ。
葉子　（鞍馬・紅子に）こいつ、あおいちゃんのファンじゃない？　一度でいいから、撮影現場が見たいって言い出して。
あおい　（鞍馬・紅子に）葉子さんも用事があったから、代わりに来てもらったの。

葉子　そうそう。エッセイの一回目、オーケイだったわよ。伏見さん、喜んでた。
あおい　ああ、そう。
鞍馬　（葉子に）エッセイって、今度、ミミコに連載するヤツですか？
紅子　（葉子に）私、読んでみたい。原稿はないんですか？
あおい　あるわけないでしょう？　編集の人に渡しちゃったんだから。
葉子　でも、コピーがあるのよ。（とバッグからワープロ用紙の束を出す）
紅子　読ませて読ませて。（とワープロ用紙を取る）
あおい　ちょっと、返してよ。（とワープロ用紙に手を伸ばす）

紅子が逃げる。あおいが後を追う。

光男　姉さん。今日は嵐山さんに会えた？
葉子　（バッグから封筒を出して）小説、読んでくれたって。
光男　（受け取って）何か言ってた？
葉子　それがよくわからないんだけど、もう少し勉強した方がいいって。
光男　なんだ、その言い方は。まるで素人扱いじゃないか。具体的にどこが悪いとか言ってなかったのか？
葉子　一番大切なものが欠けてるんだって。
光男　一番大切なもの？

葉子　本人に言えばわかるって言ってた。わかる？
光男　わかるわけないだろう。なぞなぞみたいなこと言いやがって。姉さん、俺は絶対に反対だからな。
葉子　何が？
光男　嵐山との結婚だよ。
葉子　誰が結婚するって言ったのよ。
あおい　誰が結婚するって？
葉子　しないわよ、結婚なんか。それより、みのりちゃんはまだ来てないの？
あおい　さっきまでここにいたんだけど、幼稚園に戻った。
葉子　あおいちゃんを置いて帰っちゃうなんて、珍しいわね。
鞍馬　仕方ないですよ。今日は新しい買い手が。
紅子　コーちゃん！
あおい　今、何て言った？　買い手？
鞍馬　ごめん、紅ちゃん。
あおい　何よ。私に何か隠し事してるの？
紅子　あおい、ごめん。
あおい　いいから、ちゃんと話してよ。
紅子　将太の幼稚園、手放すことに決まったんだって。今日、不動産屋さんが、あそこを買いたいって人を連れてくるの。それで、急いで片付けをしなくちゃならないのよ。

あおい　みのりがそう言ったの？
紅子　あおいには言わないでって。
あおい　わかった。（と行こうとする）
紅子　どこへ行くのよ。
あおい　決まってるでしょう、幼稚園よ。
紅子　あんた、みのりちゃんの気持ちがわからないの？　今、あんたが行って、何ができるのよ。
あおい　そんなことはわかってる。でも、私は将太と話がしたいの。
鞍馬　でも、検査の結果はまだ出てないんでしょう？
あおい　鞍馬くん、代わりに聞いておいて。（と行こうとする）
葉子　撮影所の方はどうするのよ。大した怪我じゃありませんでしたって、報告に行った方がいいんじゃない？
あおい　葉子さんが行ってよ。私は、今日は自宅で療養。（と走り出す）
光男　バカ！　怪我人が走るな！

あおいが走り去る。後を追って、葉子・光男が走り去る。

鞍馬　紅ちゃん、僕ってダメな男だね。
紅子　どうせいつかはバレることだもの。それに、これをきっかけにして、二人が話をするようになれば。

鞍馬　そうだね。まだ手遅れじゃないよね。

紅子・鞍馬が去る。

14

のぶ枝がやってくる。スケッチブックを開いて、読み始める。そこへ、みのりがやってくる。

みのり　のぶ枝先生。すいませんでした。
のぶ枝　お帰りなさい。あおいさんの怪我、どうだった？
みのり　心配するほどの怪我じゃありませんでした。それ、何ですか？
のぶ枝　園児が卒園記念に描いてくれた絵。もう十年ぐらい前になるかな。（とスケッチブックを差し出す）
みのり　（受け取って）その頃は、こんなに園児がいたんですか？
のぶ枝　今の四倍はいたわね。あの英才教育の幼稚園も、まだなかったし。
みのり　（ページをめくって）わあ、のぶ枝先生の顔ばっかり。（読む）「のぶ枝先生、結婚して」。かわいいなあ。
のぶ枝　いさお君も、今年で十六歳か。あれから、ずっと待ってるのに。
みのり　（ページをめくって）あれ。この絵、顔がはみ出してますよ。
のぶ枝　気にしない、気にしない。（とスケッチブックを取って）さてと、そろそろ片付けに戻らないと。

みのり　それ、燃やしちゃうんですか？

のぶ枝　まさか。私の嫁入り道具にするわ。当分、予定はないけど。

そこへ、将太・文太がやってくる。

将太　みのり先生。あおいの怪我はどうだった？

みのり　それが、全然たいしたことなかったんですよ。頭をちょっと切っただけで。

将太　頭を？

みのり　中身は無事ですから、心配しないで。一応、鞍馬さんと紅子さんに、ウチまで送ってもらうことにしました。

将太　そうか。それなら安心だな。

のぶ枝　（スケッチブックを差し出して）園長先生、懐かしいものがありますよ。

みのり　のぶ枝先生の嫁入り道具だそうです。

将太　へえ、見せてください。（と受け取り、ページを開いて）のぶ枝先生、顔がはみだしてますよ。

のぶ枝　十年前は太ってたんです。もうその話はやめてください。

みのり　園長先生。この頃は、自分が園長になるって思ってました？

将太　十年前っていうと、高校生か。剣道のことしか、頭になかったな。

文太　俺は、自分が跡を継ぐんだとばかり思ってました。
将太　バカ。おまえなんかに任せられるか。
のぶ枝　でも、文太さんは昔からよくお手伝いをしてくれましたよね。
文太　父さん、ずっと言ってました。園長を継ぐのは、おまえだって。
将太　親父が死んだ時、おまえはいくつだった。高校生に何ができるっていうんだ。
文太　俺が園長になってたら、大原幼稚園は潰れなかったかもしれない。
将太　何だと？
のぶ枝　園長先生。兄弟喧嘩なら、外でやってください。
将太　すいません、大きな声を出して。

そこへ、あおい・光男がやってくる。

あおい　みのり。
のぶ枝　あおいさん、どうしたんですか？
将太　（あおいに）頭の怪我、ひどいのか？　出歩いたりして、大丈夫なのか？
あおい　私は将太に聞きたいことがあって来たの。
将太　ここを手放すことか。
あおい　そうよ。私、言ったよね？「答えを出すのは待って」って。
将太　そんな余裕はなくなったんだ。

あおい　どうして？　私が納得できるように、説明してよ。
みのり　説明してどうなるのよ。園長先生は、もう決めたのよ。
あおい　わかってるわよ。でも、理由ぐらい教えてくれてもいいじゃない。
光男　そう興奮するなよ。傷口が開いたらどうするんだ。
あおい　余計なお世話よ。
みのり　光男さん、お姉ちゃんを連れて帰ってください。
光男　俺が言っても聞かないよ。（将太に）よかったら、話してくれませんか。
将太　あれから、新しい園児が一人も来なかったんです。入園が決まっていた園児も、何人か断ってきた。残ったのは、たったの四人。それなのに、今月の支払いは五百万。四人の入学金で、払える金額じゃない。
あおい　借金て、全部でいくらぐらいあるの？
将太　そんなこと、言っても仕方ないだろう。
光男　この建物と土地を全部売れば、払える金額なんですか？
将太　足りない分は、一生かけて返していくつもりです。
光男　それしか方法がないんですか？　規模を小さくするとかして、切り抜けることはできないんですか？
将太　これ以上、どうやって小さくするんです。たったの四人しか入ってこない幼稚園が、どうやって続けていくんです。大原幼稚園はもう必要ないんだ。
文太　今いる園児はどうするんだよ。

将太　またその話か。事情を話して、他へ移ってもらうしかないだろう。
文太　一人でも園児がいるうちは、必要とされてるんじゃないのかよ。
将太　そう思って、この一年間、頑張ってきた。でも、もう限界なんだ。
文太　のぶ枝先生はどうなるんだよ。ここで十年も働いてくれたのに、クビにするのかよ。
将太　おまえが偉そうに口出しするな！　向こうへ行ってろ。

文太が去る。

のぶ枝　園長先生。私のことはいいんです。でも、文太さんだって、大原幼稚園の一員なんですよ。
将太　あいつは何もわかってないんです。
あおい　そうかな。私は、文太くんの言う通りだと思うけど。
将太　すまん。あおいも帰ってくれないか？
あおい　どうしてよ。
将太　何度も言っただろう。これは、俺一人の問題だからだ。
光男　その言い方は傲慢だな。この幼稚園はあなただけのものじゃない。清水さんにとっても、大切な場所なんだ。
みのり　そんなの、昔の話じゃない。園長先生がどんなに苦労してきたか、お姉ちゃんは知ってるの？
光男　知ってるよ。知ってるからこそ、諦めるなって言ってるんだ。

あおい　やめてよ。私の気持ちなんか、何もわからないくせに。
光男　俺が言ったこと、間違ってるか？
あおい　大間違いよ。だから、私の気持ちを勝手にしゃべるのはやめてよ。
光男　俺は、君が見たものを一緒に見てる。一緒に感じてる。だから、君の気持ちがよくわかるんだ。
あおい　あんたに何がわかるのよ。どうして嘘ばっかり書くのよ！
将太　二人とも、何を言ってるんだ？
あおい　将太は本当にこれでいいの？　一人でも園児がいるうちは、諦めたくないいんじゃないの？
みのり　そんなこと、お姉ちゃんに言う権利はない。
のぶ枝　やめましょう、みのり先生。話は園長先生に任せて、私たちは片付けに戻らないと。
みのり　（あおいに）お姉ちゃんは今まで何をしてきたのよ。忙しいのを理由にして、園長先生に会おうともしなかったでしょう？　それなのに、どうして今頃になって、口出ししてくるのよ。
あおい　会わなくても、気にはしていたのよ。ずっと。
みのり　だったら、どうして私に聞かなかったのよ。「幼稚園は大丈夫？」って。私がここに来てから、一度でも聞いたことがある？
光男　君に聞けるわけないだろう。
みのり　どういう意味よ。
あおい　何でもないわ。（光男に）あんたは黙ってて。

みのり　私はずっと園長先生を見てた。寝ないで仕事をしてたのも、園児が熱を出して病院まで走っていったのも、全部見てた。その園長先生が、もうダメだって言ってるのよ。私には、諦めるななんて言えない。ずっとそばにいた私が言えないのに、どうしてお姉ちゃんに言えるのよ。

将太　みのり先生。もういいんだ。

みのり　お姉ちゃんは関係ないの。そうしたのはお姉ちゃんなんだから。

のぶ枝　みのり先生。もうやめて。

あおい　わかった。将太。邪魔してごめん。

あおいが去る。

将太　あおい！

みのり　園長先生、早く片付けに戻らないと。

のぶ枝　さあ、行きましょう。

みのり・のぶ枝が去る。

光男　今度、彼女のエッセイが週刊誌に載るんですよ。

将太　知ってます。

光男　これ、一回目の原稿です。読んでください。お願いします。

光男がワープロ用紙の束を差し出す。将太が受け取る。光男が去る。反対側へ、将太も去る。

15

葉子

葉子がやってくる。原稿用紙の束を広げて、読み始める。

私にとって、五年間はあっという間だった。もしかしたら、会う時間はいくらでもあったのかもしれない。でも、私には毎日が真剣勝負だった。彼のことを忘れた日は、一日もない。新しい台本を渡されるたびに、必ず彼の顔が浮かんだ。この仕事が終わったら電話しよう。次の休みには会いに行こう。そう考えるだけで、私の中に勇気が湧いた。それなのに、仕事の数は少しずつ減っていった。彼に会いたい。何度そう思ったか、わからない。でも、私には電話することさえできなかった。彼に元気のない声を聞かせたくなかったから。次のドラマが決まったら電話しよう。次の映画が決まったら会いに行こう。自分が忙しかった時のことを考えると、彼から連絡がなくても平気だった。そして、時間だけが過ぎていった。私の知らないところで、彼は苦しみ、悩み抜いて、とうとう結論を出したのだ。どうにもならないことはわかっていた。私に口出しする権利がないこともわかっていた。でも、私は彼自身の口から聞きたかったのだ。「あおい、ダメだったよ」と。誰よりも先に。

葉子の科白の間に、咲子・鳥羽専務がやってくる。葉子の科白を聞いている。

咲子 ううっ。（と口を押さえる）

鳥羽専務 伏見さん、どうしたんですか？　しっかりしてくださいよ、伏見さん！

咲子 ああ、ヤバかった。

葉子 気分でも悪くなったんですか？

咲子 違います。もう少しで泣きそうになったんです。

葉子 伏見さんが？

咲子 こんなこと、滅多にないんですけど、このエッセイを読んでるうちに、鼻の奥がツーンとしてきちゃって。

鳥羽専務 いけますか。

咲子 ガンガンです。

鳥羽専務 いいなあ、伏見さんは表現が豊かで。

咲子 同じ働く女性として、この気持ち、よくわかるんです。調子の悪い時は、好きな人に電話したい。でも、できない。でも、しちゃおうかな。私はします。

葉子 あおいは意地っぱりですから。

鳥羽専務 ところで、あおいはどうした。病院か？

葉子 いいえ。撮影所へ、顔を出しに行きました。原稿もお渡ししたことですし、私もそろそろ

鳥羽専務　後を追いかけないと。せっかくつかんだ役だ。今度こそ逃がすなよ。
葉子　わかってます。

そこへ、あおいがやってくる。

あおい　おはようございます。
鳥羽専務　はい、おはよう。ちょうど今、おまえの話をしてたんだよ。
葉子　（あおいに）早かったのね。これから行こうと思ってたのに。
咲子　清水さん。今回の原稿もすばらしかったです。この伏見咲子を泣かせるとは、お主なかなかやるなって感じですね。
あおい　ありがとうございます。
鳥羽専務　何だか暗いな。包帯のせいか？　包帯を巻いてるだけで、不幸な女に見えるのはなぜだ。
葉子　（あおいに）何かあったの？
あおい　ごめんね、葉子さん。
葉子　どうしたのよ。
あおい　また役を降ろされちゃった。もう来なくていいって。
葉子　何ですって？
鳥羽専務　（あおいに）大瓦監督がそう言ったのか？

あおい　怪我が治るのを待ってる暇はないんだそうです。スタジオへ行ったら、もう違う人でテストが始まってました。
葉子　だから、昨日、顔を出せって言ったのに。
鳥羽専務　八坂。おまえは何をしてたんだ。
葉子　昨日、病院から電話しました。「たいした怪我じゃなかったから、すぐに復帰できます」って。
鳥羽専務　どうしてあおい本人に行かせなかったんだ。
葉子　それは。
鳥羽専務　とにかく、あおいを連れて、もう一度、撮影所へ行ってこい。いや、俺も行く。
あおい　行っても無駄です。
鳥羽専務　どうして。
あおい　専務に伝えるように言われました。「他の四人は、そのまま使うことにするから、ご心配なく」って。
鳥羽専務　大瓦の野郎、こっちの弱みを知り抜いてやがる。
葉子　いくら偉い監督だからって、勝手すぎますよ。あおいちゃんのシーンだけ後で撮れば、すむことじゃないですか。
鳥羽専務　もともと、大瓦は別の女優を使いたかったんだ。あおいが怪我をして、むしろ喜んだんだろう。これで降ろす理由ができたって。
葉子　そんなのひどい。

鳥羽専務　もういい。あおい。ウチに帰って寝て起きて、次の原稿を書け。
咲子　（あおいに）無理しなくていいですよ。今日はゆっくり休んでください。
鳥羽専務　でも、連載は再来週から始まるんでしょう？
咲子　原稿はもう二回分ありますから。次の分は、来週までで結構です。
鳥羽専務　（あおいに）じゃ、今日はウチに帰って寝て起きるな。
あおい　専務にお願いがあるんです。
鳥羽専務　わかってるよ。大瓦には、俺が代わりに復讐しておいてやる。無言電話でもかけて。
あおい　そうじゃなくて、お金を貸してほしいんです。
鳥羽専務　給料の前借りか？　あおいがそんなことを言うなんて、珍しいな。
あおい　十年分の前借りをしたいんです。
鳥羽専務　何？　意味がよくわからなかったぞ。もう一度言ってくれ。
あおい　一億円、借りたいんです。
咲子　一億円？
あおい　（鳥羽専務に）ダメでしょうか？
葉子　どうしたのよ、あおいちゃん。
鳥羽専務　あおい。冗談なら冗談だと言ってくれ。笑えないぞ。
あおい　冗談じゃありません。ダメなら、五千万でもいいんです。
鳥羽専務　おまえ、何かあったのか？　サラ金か？
あおい　違います。でも、どうしても今すぐにお金が必要なんです。

葉子　あおいちゃん、もしかして。
あおい　（鳥羽専務に）一生懸命、仕事をしますから。
鳥羽専務　おまえ、自分が何様だと思ってるんだ。デビュー当時ならともかく、今のおまえがどうやって一億も稼ぐんだ。
あおい　本を書きます。ベストセラーになるような本を。
咲子　いくらベストセラーになっても、一億は無理ですよ。
あおい　一冊で無理なら、十冊でも二十冊でも書きます。
咲子　簡単に仰いますけど、本を十冊書くのに、何年かかると思ってるんですか？
鳥羽専務　（あおいに）ちょっと賞を取ったぐらいでいい気になるなよ。おまえの本がずっと売れ続けるって保証は、どこにもないんだぞ。
あおい　お願いします。
鳥羽専務　おい、いい加減にしろよ。
葉子　専務。少し冷静になって、あおいちゃんの話を聞きましょうよ。
あおい　お願いします、専務。
鳥羽専務　バカ野郎！　二回も役を降ろされたヤツに、そんな大金が貸せると思ってるのか！
あおい　わかりました。

あおいが走り去る。

葉子　専務には思いやりってものがないんですか？

葉子が走り去る。

鳥羽専務　いや、お恥ずかしいところをお見せしてしまいました。気分直しに、甘い物でも食べに行きましょう。ケーキの食い放題なんて、いかがですか？

咲子　甘い物より、専務にお聞きしたいことがあるんです。清水さんのことで。

鳥羽専務・咲子が去る。

16

光男がやってくる。

光男　こんばんは。鞍馬さん、紅子さん、お客さんですよ。

そこへ、鞍馬・紅子がやってくる。

紅子　いらっしゃいませ。
光男　不用心だな、店を空っぽにして。また、奥でイチャイチャしてたんですか?
鞍馬　なんだ、光男さんだったんですか。
光男　「なんだ」とは何ですか。俺だって、一応お客さんですよ。
紅子　じゃ、ご注文は?
光男　何もいりませんよ。俺は、鞍馬さんに聞きたいことがあって来たんです。
鞍馬　僕に聞きたいこと?
光男　例の花についてです。

紅子　わかった。自分の花がどんな花か、聞きに来たのね？
鞍馬　教えてあげましょう。ひまわりですよ。
光男　そんなことはどうでもいい。俺が聞きたいは、清水さんの花についてです。
紅子　言ったでしょう？　あおいの花はフリージアよ。
光男　（鞍馬に）元気でしたか、フリージアは。萎れてはいませんでしたか？
鞍馬　どうしてそんなことを聞くんですか。
光男　今朝、清水さんと一緒に撮影所へ行ったんです。そしたら、清水さんは役を降ろされてたんです。
紅子　怪我のせいで？　信じられない。
鞍馬　急いで、将太さんに知らせなくちゃ。
光男　それはやめた方がいい。清水さんは将太さんとは会いたくないはずだ。
紅子　どうしてよ。
光男　昨日、幼稚園へ行って、大喧嘩になったんです。彼女は将太さんの役に立ちたくて行ったのに、うまく話ができなくて。
紅子　あおいって、不器用なのよね。
光男　彼女は、大切にしていたものをいっぺんに二つも失おうとしている。女優としての未来と、将太さんです。彼女の花が萎れてるんじゃないかって疑うのも、当然でしょう？
紅子　まさか、あおいが自殺するって言うの？
鞍馬　（光男に）でも、作家としては順調じゃないですか。

光男　それは、彼女が本当にやりたかったことじゃない。書きたくもないものを書かされて、隠していた気持ちを無理やり引っ張り出されて。あんなこと、やるべきじゃなかったんだ。

紅子　だからって、自殺まではしないでしょう。

光男　(鞍馬に)だったら、ハッキリ言ってくださいよ。フリージアは萎れてなかったって。

鞍馬　……。

光男　言えないんですか?

紅子　コーちゃんを責めないでよ。この人、嘘がつけないんだから。

光男　紅子さんは、清水さんが死んでもいいんですか?

紅子　いいわけないじゃない。でも、運命は誰にも変えられない。誰かの花が萎れていても、いつも通りにしてるしかないの。コーちゃんだって、ずっとそうしてきたんだから。お父さんの時も、お母さんの時も。

光男　鞍馬さんのご両親て、二人とも亡くなったんですか?

紅子　お父さんは、コーちゃんが幼稚園の時。お母さんは、高校生の時。

光男　(鞍馬に)その時も、黙ってたんですか?

鞍馬　父の時はまだ子供だったから、母に言っちゃったんです。「お花が萎れてるよ。お水をあげて」って。でも、母は笑って相手にしませんでした。最後の花びらが落ちた日、父は交通事故に遭いました。葬式が終わると、母が言いました。「これからは、誰かの花が萎れていても、言っちゃダメよ」って。僕に見える花がどんな意味を持つのか、その時初めて知ったんです。

紅子　だから、お母さんの時は黙ってたのよね。
鞍馬　こういう性格だから、バレちゃってたかもしれないけど。
光男　お母さんも、事故だったんですか？
鞍馬　母は病気です。ずっとそばにいたかったんだけど、学校を休んだら、母が変に思うでしょう？　だから、最後の花びらが落ちた日も、いつも通りにウチを出たんです。学校に電話がかかってきたのは、昼休みでした。

紅子　（光男に）コーちゃんが言いたくないわけ、わかった？
光男　じゃ、あなたは、黙って見てろって言うんですか？
紅子　そうするしかないのよ。運命なんだから。
光男　事故や病気じゃない。自殺なんだ。人が自殺するのを黙って見てろなんて、そんなバカな話があるか。

鞍馬　実は、前に一度だけ、花が蘇ったことがあるんです。
光男　本当ですか？
紅子　（鞍馬に）そんな話、初めて聞いたわ。誰の花よ。
鞍馬　紅ちゃんの花。
紅子　私の？
光男　（紅子に）あなた、死のうと思ったことがあるんですか？
紅子　あるわ。養成所を卒業した後、何をやってもうまくいかなくて。
光男　鞍馬さんにはそれがわかったんですね？

鞍馬　僕には何もできない。紅ちゃんの花が萎れていくのを、黙って見ているしかないんです。だったら、せめてそばにいよう。最後の花びらが落ちるまで、紅ちゃんと一緒に過ごそうって思ったんです。

光男　だから、結婚したんですか？

鞍馬　紅ちゃんはあんまり乗り気じゃなかったけど、強引に押し切って。

紅子　この人、「死ぬまで、君と一緒にいたい」って言ったんです。

鞍馬　そしたら。

光男　花が蘇ったんですか？

鞍馬　いつの間にか。今はすっかり元気です。

光男　だったら、清水さんだって、まだ望みがあるじゃないですか。

鞍馬　無理ですよ。紅ちゃんの場合は、奇跡のようなものだったんです。他の花は一度萎れ始めると、僕が何をしても元には戻らなかった。

紅子　それに、花が萎れてるのは、あおいじゃないかもしれない。

光男　どういう意味ですか？

紅子　わからないの？　コーちゃんが元気だって言ったのは、あなたの花だけじゃない。他にあの場にいた人は、清水さんと、将太さんと、みのりさんと、ウチの姉貴と。

光男　コーちゃんと、私。コーちゃんは自分の花が見えないから、除くとして。

紅子　あなたは地球が滅亡しても、生き残る。

光男　どういう意味よ。

光男　（鞍馬に）教えてください。あの時、萎れていたのは誰の花なんですか？
鞍馬　言えません。言っても、どうしようもないんです。

そこへ、葉子がやってくる。

葉子　光男。どうしてあんたがここにいるのよ。
光男　姉さんこそ、どうしたんだよ。
葉子　（鞍馬・紅子に）あおいちゃんは来ませんでしたか？
紅子　来てないですよ。
鞍馬　（葉子に）あおいさん、どうかしたんですか？
葉子　事務所を飛び出したきり、どこかへ消えちゃったのよ。紅子さんに会いに行ったんじゃないかと思ったんだけど。
鞍馬　事務所で何かあったんですか？
葉子　お金を貸してくれって頼みに来たの。一億円も。もちろん、専務は断ったけど。
紅子　将太のためね？
葉子　あおいちゃんが行きそうな所は全部探したのに、どこにもいないのよ。
光男　（鞍馬に）やっぱり清水さんなんですね？
葉子　何が？
光男　花だよ。萎れていたのは清水さんのフリージアだったんだ。

葉子　（鞍馬に）本当なの？
鞍馬　（光男に）幼稚園へ行ってください。
光男　どうしてですか？
鞍馬　僕にはそれしか言えない。とにかく、今すぐ、幼稚園へ行ってください。
光男　姉さん、行こう！

光男・葉子が走り去る。

紅子　コーちゃん、私たちも行こう。
鞍馬　行っても、無駄だよ。花が蘇るかどうかは、本人の問題なんだ。たぶん。

鞍馬・紅子が去る。

17

あおい・のぶ枝がやってくる。

あおい　仕事中に、すいません。将太、忙しいんでしょう？
のぶ枝　いいんですよ。園長先生だって、本当はあなたに会いたいと思ってるんだから。
あおい　それはないと思います。昨日だって、喧嘩みたいになっちゃったし。私のこと、怒ってるんじゃないかな。
のぶ枝　まさか。あなたの気持ちは、園長先生が一番よくわかってますよ。
あおい　幼稚園、やっぱり売ることになったんですか？
のぶ枝　ええ。昨日来た建設会社の人が、テナントビルを建てるって。
あおい　じゃ、この建物は壊されちゃうんですか？
のぶ枝　そうみたい。今月いっぱいで明け渡すことになったんです。
あおい　のぶ枝先生はこれからどうするんですか？
のぶ枝　先のことは考えてないんです。何しろ、この幼稚園に十年もお世話になったでしょう？気が抜けちゃって。さてと、ここで待っててくださいね。園長先生を呼んできます。

のぶ枝が去る。あおいは周りを見回す。そこへ、みのりがやってくる。

みのり　何しに来たの？
あおい　将太に用事があって。
みのり　今さら、何を言っても無駄よ。ここはもう売れちゃったんだから。
あおい　のぶ枝先生に聞いた。
みのり　そう。私、これから忙しくなるんだ。だから、当分、部屋には帰らない。
あおい　ここに泊まるの？
みのり　いけない？
あおい　いけなくはないけど。
みのり　園長先生に何の用事？
あおい　渡したいものがあるのよ。
みのり　私が渡すよ。何？（と手を出す）
あおい　直接渡したいんだ。渡したら、すぐに帰るから。
みのり　園長先生は、お姉ちゃんに会いたくないんじゃないかな。
あおい　わかってる。でも、これだけはちゃんと受け取ってほしいのよ。
みのり　だから、何を。

そこへ、将太・のぶ枝がやってくる。

将太　よう。

あおい　ごめんね、仕事中に。

みのり　わかってるなら、さっさと帰れば？

のぶ枝　ダメですよ、そんな言い方をしちゃ。

将太　（あおいに）昨日は悪かったな。ちゃんと話をしなくて。

あおい　この建物、壊しちゃうんだって？

将太　ああ。次の持ち主は幼稚園に興味がないんだ。

あおい　今いる園児たちは？

みのり　幼稚園のことに、口出ししないでよ。何回言ったらわかるの？

将太　（あおいに）他の幼稚園に事情を話して、引き取ってもらうことになった。父兄もわかってくれたよ。

のぶ枝　皆さん、とっても淋しがってましたけどね。

あおい　将太はこれからどうするの？

将太　とりあえず、職を探さないとな。心当たりはいくつかあるんだ。親父の知り合いがやってる運送会社とか。

あおい　そう。

将太　とにかく、一から仕切り直しだ。借金も、頑張れば返せない額じゃないし。だから、あおいも安心してくれ。

そこへ、文太がやってくる。後から、葉子・光男がやってくる。

文太 兄さん、またお客さんだよ。
あおい 葉子さん。どうしてここへ？
葉子 あおいちゃんに会いに来たのよ。
あおい 私に？　何か急用？
葉子 そうじゃないけど、今日はここへ何しに来たの？　将太さんに会うため？
あおい まあね。渡したいものがあったから。
みのり だったら、さっさと渡して帰りなさいよ。
あおい （封筒を差し出して）将太。これを受け取って。
将太 金か？
あおい 小説の印税。これからの生活の足しにしてよ。返すのはいつでもいいから。
将太 気持ちだけもらっておくよ。
あおい そう言わずに、受け取ってよ。これは、私が持ってちゃいけないお金なんだ。だから、将太も気にしないで。
将太 どういう意味だ？
あおい あの小説は私が書いたんじゃないの。そこにいる、光男さんが書いたのよ。

光男　（将太に）嘘ですよ。どうして僕がそんなこと。

あおい　（将太に）今まで隠してて、ごめん。でも、このお金は私の分だから、好きに使っていいの。

のぶ枝　だから、将太にもらってほしいのよ。

みのり　お姉ちゃん、みっともないよ。

のぶ枝　みのり先生。

みのり　園長先生にもらってほしいなんて、そんなの、お姉ちゃんのワガママじゃない。自分で使いたくないなら、ゴミ箱にでも捨てればいいでしょう？

のぶ枝　みのり先生。あおいさんは園長先生のことを心配してくれてるのよ。

みのり　心配するなら、もっと他に方法があるでしょう？　どうしてそれがお金になるのよ。

のぶ枝　それが、あおいさんにできる精一杯のことなのよ。

みのり　のぶ枝先生に何がわかるのよ。

のぶ枝　みのり先生だって、あおいさんの気持ちがわかってないわ。

みのり　笑わせないでよ。私は妹なのよ。他人のあんたが口出ししないでよ。

文太　いい加減にしろよ！

将太　文太。おまえは黙ってろ。

文太　（みのりに）のぶ枝先生の気持ちも知らないで、偉そうな口きくなよ。火事を起こしたのは、誰だと思ってるんだ。

将太　何だと？

のぶ枝　文太さん、何言ってるの？

文太　あの時、俺とのぶ枝先生は外にいたんだ。火が出たのを、外から見たんだ。
将太　(のぶ枝に) どういうことですか。
のぶ枝　私には何のことだか。
将太　隠さないで、教えてください。火事が起きた時、のぶ枝先生はどこにいたんですか？
のぶ枝　送迎バスの車庫です。文太さんがバスを磨いてるのが見えたんで、夜食を買いに行ってもらおうと思って。
みのり　本当ですか？
のぶ枝　嘘をついてごめんなさい。でも、私も悪かったのよ。みのり先生を放っておいて、外に出たんだから。
みのり　それじゃ、窓を閉めるって言ったのは、のぶ枝先生じゃなかったんですね？
将太　みのり先生は覚えてないんだね？
みのり　(のぶ枝に) 私が閉めるって言ったんですね？　火事が起きたのは、私のせいなんですね？
のぶ枝　そうじゃないわ。あの時、私が外へ出なければよかったのよ。
みのり　私のせいで、園長先生は決心したんですね？　幼稚園を売るって。
将太　それは違うよ。火事が起きなくても、いつかは売ることになってたんだ。
のぶ枝　ごめんね、みのり先生。
みのり　やめてよ！
みのりが走り去る。

将太　みのり先生！
あおい　みのり！

後を追って、あおい・将太・のぶ枝・文太が走り去る。

葉子　光男。もしかして、花が萎れていたのは。
光男　みのりさんだったのか！

後を追って、葉子・光男が走り去る。

18

みのりが飛び込む。後を追って、あおい・将太・のぶ枝・文太・葉子・光男が飛び込む。

みのり　こっちへ来ないで！（とカッターを振り上げる）
将太　やめるんだ、みのり先生！（と一歩踏み出す）
みのり　来ないで！（とカッターを首にあてる）
あおい　みのり！
みのり　みんな、出ていって。私を一人にして。
葉子　みのりちゃん。そんな危ない物、振り回さないで。
光男　（みのりに）怪我でもしたら、どうするんだ。
みのり　いいから、あっちへ行ってよ！
将太　君は何も悪くない。だから、気にすることなんかないんだ。
みのり　どうしてよ。火事を起こしたのは、私なのよ。
のぶ枝　自分だけを責めちゃダメよ。責任は、私にもあるんだから。
将太　（みのりに）もう一度、落ち着いて話をしよう。だから、カッターを捨てて。（と一歩踏み

出す）

みのり　こっちへ来ないで！　来たら、私は。

あおい　みのり！

光男　（みのりに）わかった。僕らは外へ出る。だから、カッターを下ろすんだ。

葉子　みんな、出ましょう。

のぶ枝　みのり先生を、このまま放っておくんですか？

光男　このままの方が、かえって危ない。外へ出て、どうするか、考えよう。

文太・のぶ枝・葉子が去る。

光男　（あおいに）君も出るんだ。

あおい　私は残る。みのりと話をする。

光男　これ以上、刺激したら、危険だ。

あおい　みのりは、私の妹よ。責任は、私が取る。

将太　よし、俺も残ろう。光男さん。後は俺たちに任せてください。

光男が去る。

みのり　あんたたちも出ていってよ。

あおい　みのり、落ち着いて。

将太　（みのりに）俺は何もしない。君と話がしたいんだ。

みのり　話すことなんて、何もない。

将太　どうして嫌がるんだ。俺は何もしないって言ってるのに。（と一歩踏み出す）

みのり　来ないで！（とカッターを首にあてる）

あおい　やめなさい、みのり！

みのり　あんたこそやめてよ。そうやって、いつも命令ばっかりして。

あおい　私がいつ命令した？

みのり　いつもよ。「泣くのはやめなさい」とか、「お母さんに甘えるのはやめなさい」とか、何から何まで「やめなさい」ばっかり。

あおい　仕方ないでしょう？　あんたは私の妹なんだから。

みのり　子供扱いしないでよ。自分はやりたいことをやってきたくせに。

あおい　そんなことないわ。私だって、いろんなことを諦めてきた。

みのり　何言ってるのよ。お姉ちゃんは、自分の思い通りに生きてきたじゃない。養成所に入って、テレビに出て。

あおい　最初のうちだけよ。今は、ろくな役がもらえない。もらえても、すぐに降ろされちゃうし。

みのり　でも、お姉ちゃんは女優になった。自分の夢をかなえたじゃない。私なんかとは大違いよ。私には何もできなかった。お姉ちゃんなら簡単にできることが、いくら頑張ってもできなかった。

あおい　そんなことない。私だって、必死だったのよ。
みのり　園長先生のことはどうなのよ。
あおい　将太のこと？
みのり　お姉ちゃんはずっと知らん顔してきた。女優の仕事に夢中になって、幼稚園のことなんか気にも止めてなかった。
将太　俺たちが会わなくなったのは、仕事が忙しかったせいだ。あおいのせいじゃない。
みのり　そうやって、すぐにお姉ちゃんの肩を持つ。悪いのはお姉ちゃんなのに。
将太　そうじゃない。俺も悪いんだ。
みのり　お姉ちゃんは、将太さんのことなんか、どうでもいいのよ。それなのに、将太さんはお姉ちゃんを忘れない。私はいつもそばにいるのに、私の方なんか見ようともしない。
あおい　あんたの気持ちはわかってた。でも。
みのり　わかるわけない！　努力しなくても好かれてたお姉ちゃんに、私の気持ちはわからない。
あおい　じゃ、私はどうすればよかったのよ。
みのり　このまま、将太さんのことを忘れてほしかったのよ。そうすれば、私の方を見てもらえたかもしれないのに。どうしていつまでも将太さんを縛るのよ。どうして私の気持ちをズタズタにするのよ！
あおい　そうね。あんたの言う通りよ。私には、将太を縛る権利なんてない。だから、将太とは二度と会わない。
将太　あおい。

あおい　前からずっと迷ってた。でも、私たちはもう元には戻れない。将太だって、そう思うでしょう？
みのり　嘘をついても、騙されないわよ。
あおい　私は、自分の気持ちを正直に言ったの。
みのり　嘘よ。お姉ちゃんなんか、大嫌いよ！（とカッターを首にあてる）
あおい　私が嫌いだから、死ぬって言うの？
みのり　私なんか、死んだ方がいいのよ。火事まで起こして、将太さんに迷惑をかけて。私が死んだ方が、将太さんのためなのよ。（とカッターを首にあてる）
将太　やめろ！（と一歩踏み出す）
みのり　私のことは放っておいて！
あおい　今、死んだら、将太はあんたを見ないままよ。
みのり　そんなの、生きてたって、同じよ！
あおい　どうして勝手に答えを出すのよ。どうして諦めるのよ。
みのり　だって、将太さんはお姉ちゃんのことを。
あおい　言ったでしょう？　私はもう将太とは会わない。だから、私にはお芝居しかないの。主役になれなくても、役を降ろされても、私は絶対に諦めない。だって、お芝居が好きだもの。なくなったら、生きていけないんだもの。私をそんなふうにしたのは誰よ。
みのり　……。
あおい　忘れたの？　あんたじゃない。あんたが「お母さんお母さん」て泣くから、私はイヤイヤ

みのり　お芝居をやったのよ。でも、あんたは喜んでくれた。人に喜んでもらえたのは、あの時が生まれて初めてだったのよ。

あおい　そんなこと、もう覚えてない。

泣きたければ、泣きなさい。でも、死ぬのは絶対に許さない。あんたは私の最初の観客なんだから。見てなさいよ、笑わせてみせるから。

将太　何をするつもりだ？

あおい　「クリスチャン。あなたなの？」

将太　シラノか。

あおい　「答えて、クリスチャン。そこにいるのは、あなたなの？」

将太　わかった。バルコニーの場面だな。「まあ、待て、クリスチャン。ここは俺に任せるんだ」

あおい　「ねえ、クリスチャン」

将太　「ロクサーヌ。私はここにおります」

あおい　「その声はシラノ様？」

将太　「違います。私はあなたの僕、あなたに永久の愛を誓った男」

あおい　「クリスチャン。やはり、あなたでしたのね？　私、今すぐそこへ降りてまいりますわ」

将太　「いけません！」

あおい　「では、そのベンチにお昇りくださいませ。早く」

将太　「それもいけません！」

あおい　「なぜいけないのでございます」

将太　「もうしばらく、このままで。顔と顔を見交わさず、静かにお話を」
あおい　「闇に向かって話せと仰るの？　それでは、私の思いはあなたに届かず、夜空を朝までさまようことでしょう」
将太　「それがかえってよいのです」
あおい　「なぜです？」
将太　「互いの姿を求めて闇をさまよううち、いつしか心に真実の姿が浮かんできます。こうしていても、私の目には、あなたの着けた夏の衣が、白く輝いて見えるのです。あなたは実に光です」
あおい　「私が光？　クリスチャン。せめて明るい所へ。あなたのお顔をお見せになって」
将太　「それは絶対にいけません。今の私たちには、この闇の隔たりがぜひとも必要なのです。闇のおかげで、私はまるであなたと初めてお話をするような気にさえなるのです」
あおい　「そう言えば、お声までもがいつもと違って聞こえますわ」
将太　「夜の暗さに守られれば、誰はばかることなく本音が出せるもの。昨日までの私は、己の心を機知の衣で隠し続けてきたのです。他人に笑われるのが辛くて」
あおい　「なぜ笑われなければならないのです」
将太　「私は醜い男です」
あおい　「あなたのどこが」
将太　「ああ、わが愛しのロクサーヌ。私の胸は休む暇もなくときめいて、あらゆる思い出が湧いてくるのです」

あおい　温泉みたいに？
将太　そんな科白、なかったぞ。
みのり　（笑う）
あおい　笑ったわね。
将太　みのりちゃんの負けだ。
あおい　（みのりに）私の演技だって、まだまだ捨てたもんじゃないでしょう？
みのり　お芝居、諦めないの？
あおい　諦めない。もし諦めたら、最初の観客に怒られるもの。私が頑張って、いいお芝居をして、一番喜んでほしいのは、あんたなのよ。
みのり　（手を緩める）
あおい　いなくなるなんて、絶対に許さない。

みのりの手からカッターが落ちる。将太が拾う。あおいがみのりに近づく。

あおい　わかった？
みのり　（うなずく）

そこへ、光男・葉子・のぶ枝・文太が飛び込む。後を追って、鞍馬・紅子も飛び込む。

紅子　あおい！　大丈夫？
あおい　私は大丈夫。
光男　鞍馬さん。来てくれたんですね？
鞍馬　（みのりを見て）アネモネが。
光男　えっ？
鞍馬　アネモネが、また空に向かって開き始めた。

全員が去る。

19

鳥羽専務・咲子がやってくる。鳥羽専務はワープロ用紙の束を持っている。

鳥羽専務 つまり、あなたはこう言いたいわけですか。このエッセイを書いたのは、あおいじゃなくて、八坂の弟だと。
咲子 エッセイだけじゃなくて、小説もです。
鳥羽専務 信じられないなあ。確かに、あおいが怪我をした時、八坂の弟は撮影所にいた。でも、それはただの偶然でしょう。
咲子 証拠は他にもあります。（とバッグから雑誌を取り出す）
鳥羽専務 何ですか、その雑誌は？
咲子 ウチの会社の人間に片っ端から聞いたんです。八坂光男って名前の作家を知らないかって。そしたら、作家じゃないけど、フリーライターだったら、同じ名前のヤツを知ってるって人がいたんです。その人に頼んで、探し出してもらったのが、この記事です。（と雑誌を開く）
鳥羽専務 （覗き込んで）「私はこれで二十キロ痩せた」。これを書いたのが、八坂の弟だっていうんですか？

咲子　そのエッセイと読み比べてもらえば、一目瞭然です。言葉遣い、比喩表現、低級なギャグ。どれを取っても、エッセイにそっくり。

鳥羽専務　本当ですか？

咲子　ただ、エッセイみたいに、感動はできませんでしたけど。

鳥羽専務　八坂のヤツ、いい度胸してるじゃないか。俺がゴーストが大嫌いだってことは、よくわかってるくせに。

咲子　そう言えば、専務はどうしてゴーストが嫌いなんですか？

鳥羽専務　俺は山口百恵のファンだったんです。『蒼い時』を読んだ時は、布団の中でビービー泣きました。でも、『蒼い時』を書いたのは、百恵ちゃんじゃなかった！

そこへ、あおい・葉子・光男がやってくる。

あおい　おはようございます。

鳥羽専務　はい、おはよう。八坂。言っておくけど、俺は機嫌が悪いぞ。

葉子　顔を見ればわかります。

咲子　（光男を示して）そちらの方は？

葉子　弟です、私の。

鳥羽専務　飛んで火に入る夏の虫とは、このことだな。しかし、なぜわざわざ自分からやってきたんだ。

あおい　実は、専務にお話があるんです。

鳥羽専務　言わなくてもわかってるぞ。小説とエッセイを書いたのは、おまえじゃなくて、その男だっていうんだろう。

あおい　そうです。

鳥羽専務　なぜあっさり認める。一つ一つ証拠を突きつけて、ネチネチ絞り上げようと思ってたのに。

あおい　専務に聞いてもらいたかったのは、その話なんです。

葉子　（鳥羽専務に）でも、どうしてわかったんですか？

咲子　私がほんの少し頭を使っただけです。

あおい　（鳥羽専務に）すいませんでした。専務を騙すようなことをして。

鳥羽専務　俺にはよくわかってる。ゴーストを使おうなんていやらしいことを言い出したのは、あおいじゃない。おまえだな、八坂？

葉子　そうです。申し訳ありませんでした。

鳥羽専務　謝って済むと思うなよ。この責任はどう取るつもりだ。

葉子　小説の方はもう本になっちゃってるから、責任の取りようがありません。でも、エッセイの方はまだ間に合います。

あおい　伏見さん。エッセイのお話はなかったことにしていただけませんか？

咲子　今から、他の人を探せって言うんですか？

あおい　ご迷惑をかけて、すいません。でも、これ以上、嘘をつきたくないんです。

光男　（咲子に）俺は、別に構わないんじゃないかって言ったんですけど。
あおい　あなたは黙っててよ。
光男　（咲子に）作家としての清水あおいが、せっかく売れてきたんだ。このままやめるのはもったいないと思いませんか？
鳥羽専務　俺はゴーストが大嫌いなんだよ。
光男　エッセイをやれば、また映画の話が来るかもしれない。女優としてもチャンスじゃないですか。
鳥羽専務　そんなにうまくいくわけないだろう。
光男　うまく行くかどうかは、エッセイの出来次第ですよ。ダメなら、また次のを書けばいい。
俺は、清水さんが主役をやれるまで書くつもりです。
鳥羽専務　主役か。確かに、あおいが作家をやめたら、一生やれないかもしれないな。
あおい　そんなの、わかりませんよ。私、一からやり直しますから。
鳥羽専務　あおいは黙ってろ。どうですか、伏見さん。
咲子　私に、嘘をつけって仰るんですか？
鳥羽専務　そうじゃなくて、あなたは何も知らなかったということで。
咲子　お断りします。私にだって、編集者としてのプライドがあります。それに、もしバレたら、どうするんですか。ウチの会社のモラルが疑われるんですよ。
鳥羽専務　そう簡単にバレるもんですか。
咲子　現に、私にはバレたじゃないですか。そんなことより、私は八坂さんにお願いがあるんです。

葉子　私に？

咲子　あなたじゃなくて、弟さんに。（光男に）私と一緒にお仕事をしませんか？

葉子　は？

咲子　（光男に）私は、このエッセイを書いた人の才能に惚れたんです。それが、清水さんじゃなくてあなたなら、私はあなたとお仕事がしたいんです。

葉子　光男に、エッセイを書けって仰るんですか？　あおいちゃんのかわりに？

咲子　（光男に）いかがでしょう、八坂さん。

光男　俺には才能なんかありませんよ。賞を取った後に書いた小説は、認めてもらえなかったんだから。

咲子　荒波書店の人に読んでもらったヤツですか？

光男　一番大切なものが欠けているって言われました。それがどういう意味なのか、今の俺にはよくわかる。

葉子　何だったのよ、欠けているものって。

光男　題材を選ぶ目だよ。あの小説の題材は清水さんだった。賞が取れたのは、たまたま題材がよかったからなんだ。

咲子　私は違うと思います。

光男　違うって？

咲子　あの小説がおもしろかったのは、作者の胸の痛みが読者にビシビシ伝わってきたからです。

光男　荒波さんが欠けているって言ったのは、その痛みじゃないですか？

咲子　痛み？

光男　あなたは、清水さんが感じていた痛みを、一緒になって感じていた。それほど深く、清水さんの心に迫っていたんです。

あおい　それはちょっとほめすぎですよ。俺にはまだ、清水さんのことが何もわかってない。小説の仕事が始まってから、ずっとそばにいるのに、いまだに本当の彼女が書けてない。

光男　そんなことないよ。かなりいい線いってるんじゃない？

あおい　何言ってるんだ。「こんなの、本当の私じゃない」って怒ってたくせに。

光男　あれは、負け惜しみよ。人に隠してた気持ちを、勝手に書かれたんだもの。恥ずかしいやら、悔しいやらで、つい文句を言いたくなったの。

あおい　悪いとは思ってたんだ。でも、俺はどうしても、君の気持ちが書きたかった。俺が書かなければ、君は絶対に口にしなかっただろう。

光男　何を。

咲子　将太さんへの思いだよ。

光男　どうしますか、八坂さん。私と一緒に、他の題材にもチャレンジしてみませんか。

咲子　他の題材で同じように書けるかどうかはわからない。

光男　それはあなた次第ですよ。

あおい　清水さんのことだって、まだちゃんと書けてないし。

　私のことは、もう書かなくていい。これからは、ちゃんと自分で言うから。

光男　でも、俺はまだ終わりにしたくないんだ。

あおい　私は大丈夫よ。あなたに助けてもらわなくても、一人でやっていける。

光男　でも……。

咲子　どうするんですか、八坂さん。

葉子　光男。あんた、男でしょう？　男なら男らしく、覚悟を決めなさい。

光男　わかってるよ。伏見さん。よろしくお願いします。

咲子　よかった。振られたらどうしようって、ドキドキしちゃいました。

あおい　それじゃ、私は撮影所へ行ってきます。

鳥羽専務　何しに行くんだ。おまえの役はもうないんだぞ。

あおい　でも、あの映画の原作は私の小説です。あの小説の中には私がいるんです。だから、最後まで見届けないと。

葉子　一緒に行こうか？

あおい　一人で行きたいの。

あおいが去る。入れ違いに、嵐山がやってくる。

鳥羽専務　あおいがいなくなると、必ずやってくるんだ、この人が。

嵐山　今のはもしかして、清水あおいさんではありませんか？

鳥羽専務　そうですよ。追いかけたかったら、どうぞ。

嵐山　しかし、話はすべて、マネージャーさんを通すんでしたよね？
葉子　それがその、清水は作家をやめたんですよ。たった今。
嵐山　筆を折ったんですか？　どうして？
鳥羽専務　女優の仕事に、全力投球したいんだそうです。
嵐山　そうですか。でも、もういいんです。清水さんとはご縁がなかったものと思って、諦めることにしました。今日は、八坂さんに用事があって来たんです。
葉子　私に？
嵐山　（花束を差し出して）結婚を前提にして、お付き合いしてください。
葉子　は？
咲子　（光男に）さて、八坂さん。最初の仕事は何にしましょうか。
光男　僕の書きたいものを書いていいんですか？
咲子　どうぞどうぞ。小説でもエッセイでも、好きなものを選んでください。
光男　じゃ、小説にします。今、どうしても書きたいものがあるんです。
咲子　何ですか、題材は。
光男　伝えられなかった思いです。僕は、彼女が好きだった。

光男・葉子・鳥羽専務・咲子・嵐山が去る。

20

あおいがやってくる。本を開き、読み始める。

あおい

そして、僕はこの物語を書き始めた。彼女とは、あれから一度も会ってない。が、彼女と彼女の友人たちの噂は、ウチの姉貴からしょっちゅう聞かされている。彼女は撮影所に何度も通ううちに、大瓦監督と仲良しになってしまった。なかなか根性のある女優だと気に入られたらしい。撮影の最終日には、次回作に出演してみないかと誘われた。姉貴は「主役じゃないけど、結構目立つ役なのよ」と大喜びしていた。彼女の笑顔がスクリーンで見られる日も近いだろう。将太さんは塾の教師になった。今は雇われの身だが、いずれは自分の塾を作りたいと張り切っている。鞍馬さんと紅子さんは相変わらずイチャイチャしている。紅子さんは、何かと理由をつけては、彼女と将太さんを店に呼んでいる。つまり、二人は今でも会っているのだ。二度と会わないと言ったくせに、現金なヤツらだ。が、そのことはみのりさんも知っているらしい。あの事件があって、逆に将太さんへの気持ちに決着がついたのだろう。今では別の幼稚園に就職して、元気に働いている。のぶ枝さんは、心機一転、お見合いをして、北海道へお嫁に行ってしまった。相手は牧場主だという話だが、事実かどうかわからない。ところで、ウチの姉貴と嵐山さんだが、つい先週、プロポーズされたそうだ。「どうしよう、光男」とのろけるから、「もう一度冷静になれ」と忠告しておいた。そして、僕はと言えば。

作家がやってくる。

作家 また一人か。

あおいが去る。作家が椅子に座る。本を開いて、読み始める。そこへ、編集者・DJがやってくる。

編集者 それじゃ、そろそろスタジオへ行きましょうか。
作家 もう本番ですか。(と立ち上がる)
DJ その前に、一つだけ質問してもいい？
作家 何ですか、質問て？
DJ 結局、彼女には好きだって言ったの？
作家 言うわけないでしょう。僕らは会うたびに喧嘩ばっかりしてたんだ。
DJ じゃ、彼女はあんたの気持ちを知らないままなの？
作家 それでよかったんですよ。今は僕の気持ちも変わったし。
DJ 何よ。もう諦めちゃったわけ？

作家　あれっきり、会ってませんから。
編集者　またまた。
作家　何ですか、またまたって？
編集者　あなたはまだあの人のことが好きなんでしょう？
作家　そんなことないですよ。
編集者　隠しても無駄ですよ。あの人が出演してるドラマ、全部録画してるんでしょう？
作家　姉貴から聞いたんですね？　あのおしゃべりババア。
ＤＪ　ねえねえ、あんたの花は元気なの？
作家　元気だと思いますよ、たぶん。
ＤＪ　失恋しても、変な気を起こしちゃダメだよ。
作家　何言ってるんですか。大丈夫ですよ。
編集者　（時計を見て）おっ、もう行かないと。
作家　行きましょう、行きましょう。
ＤＪ　あと、一つだけ質問。『ファーザー・アロング』って、どういう意味？
作家　「もっと遠くへ」って意味です。
編集者　さあ、行きましょう。

編集者・ＤＪが去る。作家は行きかけて、ふと振り返る。

作家　一人で行けるさ。もっと遠くへ。

作家の周りに、一面のひまわり畑が浮かぶ。幾千万のひまわりが、夏の空に向かって、力強く咲いている。

〈幕〉

あとがき

私、真柴あずきが最初に「脚本を書け」と言われたのは、一九九二年のクリスマス・ツアー『サンタクロースが歌ってくれた』（再演）の公演中でした。

「次回公演のタイトルを決めたいから」と、作・演出の成井豊、プロデューサーの加藤昌史に劇場近くのファミリーレストランに連れていかれました。当時はよくこの三人で話し合ってタイトルを決めていたので、私は何の疑問も持たずにのこのこ出かけました。が、二人はいきなり私に向かって、冒頭の言葉を切り出したのです。そのちょっと前に、たまたま私が書いた短い小説を読んだ二人は、私の知らないところで作戦会議を開いていたようです。もちろん、即座に断りました。もともと「文章を書く」ことに興味はあったものの、「戯曲」にはまったく関心がなかったからです。私にとって演劇は「やる」か「見る」もので、「書く」ものでは決してなかったんです。正に晴天の霹靂。とんでもない、この人たちは何を言ってるんだ、私にできるわけがない。かなり丁重に、きっぱりとお断りしたつもり、だったのですが、成井・加藤コンビは挫けませんでした。「軽い気持ちでいいから」とか、「全力でフォローするから」とか、「直木賞への第一歩だと思って（?）」とか、あの手この手で迫ってくるのです。一時間後だったか二時間後だったか覚えてませんが、とにかくファミリーレストランを出る頃には、すっかり「その気」になった私がいました。どんな苦労が待っているかも知らずに。

あれから八年が過ぎ、こうして戯曲集のあとがきを書いている今、改めて「人生は何が起こるかわからない」と思います。あの日、あのファミリーレストランで、私が「イヤです！　絶対にイヤなんです！」と泣き叫んでいたら。もしかしたら、『風を継ぐ者』も『アローン・アゲイン』も生まれていなかったかもしれません。八年経っても脚本家としては半人前で、相も変わらず成井さんから叱咤激励され続ける毎日ですが、迅助や兵庫やあおいや将太に会えなかったことを考えると、またやる気が出てくるから不思議です。私が単純なだけでしょうか。

さて。私は子供の頃から、「物語」が大好きでした。一人っ子で運動も苦手だったので、暇な時は必ず、本を読むか絵を描いていました。日本昔話全集や、子供向けの世界名作全集を買ってもらって、何度も何度も、覚えるまで読みました。夏休みなど、親戚が集まり、子供たちだけでお昼寝をする時は、よく私が本で仕入れた物語を話して聞かせていました。結末をちょっとずつ変えたりしながら。

夜寝る前や、小学校までの道すがら、私はいろんな物語を考えました。もし私がジャン・バルジャンみたいな境遇になったら。もし私に、自由に動物と話せる能力があったら。もし私に兄弟がいたら。そう、最初は私自身が主人公でした。空想している間だけは、私は自由でした。何にでもなれるし、どこへでも行ける。「背が低い」と笑われたり、足が遅いのにリレーの選手をやらされたりしなくて済む。その頃の私にとって、物語は現実を忘れさせてくれる、安定剤みたいなものだったのです。

小学三年か四年の時だったと思うのですが、夏目漱石の『我が輩は猫である』を読んだ影響で、「私は○○だ」という文を書くのがマイ・ブームになったことがあります。「私はせっけん」とか、「私は雪」とか、「私はピコ（飼っていた文鳥の名前です）」とか、とにかく目についたものを擬人化して、詩や作文を書いていました。下手くそなイラスト付きで。担任の先生にほめてもらって、クラス文集に載せてもらったりしてますます図に乗り、ノート一冊分ぐらいは書いたような記憶があります。恥ずかしいですね。当時から単純だったんです。

中学校に入ってからも「イラストと詩」のブームは去らず、今度は同じ趣味の同級生にほめてもらっていい気になり、ノート三冊分ぐらい書き飛ばしました。その情熱を勉強に向けていれば、とも思いますが、二十年後に公演で使う曲の歌詞を書いたりしているのですから、少しは役に立っているかもしれません。

そういう経緯があって、高校・大学を通じて、「いつかは文章を書くことで身を立てたい」と、ずっと漠然と考えていました。が、大学二年の時に入った演劇サークルがきっかけで、およそ十年間を役者として過ごしてきたわけです。早稲田通りのファミリーレストランで、「脚本を書け」と言われるまでは。

最初は一人遊びに過ぎなかった「物語を考える」ことが、こんな形になろうとはさすがに想像もしませんでした。今、ワープロに向かっているこの瞬間、私は子供の頃のことを思い出しています。なかなか友達ができなくて、一人で通学路を歩きながら空想を巡らせたこと。図書館で新しい本を見つけて、わくわくしながら手を伸ばしたこと。あの頃、私が物語を読んで泣いたり笑ったり勇気をもらったりしていたことを。

私が書く脚本に共通するのは、「見た人に元気になってほしい」という思いです。

それはたぶん、私自身が様々な物語から元気をもらっていたからです。

『風を継ぐ者』の初演は一九九六年、今から五年前です。『また逢おうと竜馬は言った』で（幻の）坂本竜馬を、『俺たちは志士じゃない』で桂小五郎を登場させたキャラメルボックスですが、実は新選組も大好きなんだよね、という話を成井さんとしたのがきっかけです。人斬り集団とか、悲劇的な結末を迎えた男たちとか、どちらかと言えば負のイメージで語られることの多い彼らですが、本当はもっと明るくて、バンカラな奴らだったんじゃないか。そんな風に考えて書きました。

『アローン・アゲイン』は、私が脚本作りに参加して二本目の作品です。脚本を書く前に、成井さんと私は「気になっている本・映画」について語り合うのですが、この時に成井さんが出してきたのが『シラノ・ド・ベルジュラック』でした。そこから、落ち目の女優と、彼女のゴースト・ライターという設定ができたのです。劇中で、実際に『シラノ～』を演じるシーンもあります。

ところで、私の芸名・兼・ペンネームの「あずき」は、成井さんに考えてもらいました。小さいけど元気、というイメージがあって自分でも気に入っています。成井さんにきちんとお礼を言ってないような気がするので、この場を借りて言わせてください。ありがとうございます。これからもよろしくお願いします。

最後に、『風を継ぐ者』の初演をご覧になった漫画家の渡辺多恵子さんが、次の年に突然「新選組モノを描きたい」と、『風光る』を始められました。二〇〇一年三月現在、単行本が八巻まで出ていて、別冊少女コミックで連載中です。相当おもしろいので、是非お読みになってください。

実は、私は中学生の頃、漫画家になりたいと思っていたのです。同級生にもっとうまい子がいて挫折しましたが。二十年後に、自分の書いた脚本が呼び水になってこんなに素敵な漫画ができるなんて、本当に人生は何が起きるかわかりません。

二〇〇一年三月

真柴あずき

『風を継ぐ者』

1996年8月8日～9月23日	上演期間	2001年4月6日～5月27日
福岡ももちパレス	上演場所	サンシャイン劇場
新神戸オリエンタル劇場		メルパルクホール福岡
シアターアプル		シアター・ドラマシティ

CAST

今井義博	立川迅助	細見大輔
西川浩幸	小金井兵庫	岡田達也
菅野良一	沖田総司	菅野良一
大内厚雄／上川隆也	土方歳三	大内厚雄
細見大輔／大内厚雄	三鷹銀太夫	篠田剛
篠田剛	桃山鳩斎	西川浩幸
岡田さつき	つぐみ	岡田さつき
坂口理恵	たか子	大森美紀子
小松田昭子	その	温井摩耶
津田匠子	美祢	田嶋ミラノ
岡田達也	秋吉剣作	佐藤仁志
南塚康弘	小野田鉄馬	畑中智行
近江谷太朗	宇部鋼四郎	首藤健祐

STAGE STAFF

成井豊＋真柴あずき	演出	成井豊＋真柴あずき
ZABADAK	音楽	ZABADAK
キヤマ晃二	美術	キヤマ晃二
黒尾芳昭	照明	黒尾芳昭
早川毅	音響	早川毅
佐藤雅樹	殺陣	佐藤雅樹
勝本英志	照明操作	勝本英志
小田切陽子	スタイリスト	小田切陽子
	ヘアメイク	武井優子
BANANA FACTORY	衣裳	
松竹衣裳，太陽かつら	衣裳協力	松竹衣裳，太陽かつら
C-COM，オサフネ製作所	大道具製作	C-COM，㈲拓人，オサフネ製作所
きゃろっとギャング 菊地美穂，高橋正恵，大畠利恵	小道具	酒井詠理佳，きゃろっとギャング
桂川裕行	舞台監督助手	桂川裕行
村岡晋，矢島健	舞台監督	矢島健，村岡晋

PRODUCE STAFF

加藤昌史	製作総指揮	加藤昌史
ヒネのデザイン事務所＋森成燕三	宣伝デザイン	ヒネのデザイン事務所＋森成燕三
伊東和則	宣伝写真	タカノリュウダイ
伊東和則	舞台写真	伊東和則
㈱ネビュラプロジェクト	製作	㈱ネビュラプロジェクト

『アローン・アゲイン』

上演期間	1994年3月22日～4月24日
上演場所	近鉄小劇場 テレピアホール シアターアプル

CAST

光男	西川浩幸
あおい	坂口理恵
みのり	伊藤ひろみ
将太	上川隆也
鞍馬	今井義博
紅子	遠藤みき子
葉子	大森美紀子
鳥羽専務	岡田達也
咲子	岡田さつき
嵐山	篠田剛
のぶ枝	中村恵子
文太	川村計己
エリカ	酒井いずみ

STAGE STAFF

演出	成井豊
美術	キヤマ晃二
照明	黒尾芳昭
音響	早川毅
振付	川崎悦子
照明操作	勝本英志，斎藤嘉美
衣裳	小田切陽子，BANANA FACTORY
大道具製作	C-COM
小道具	きゃろっとギャング 工藤道枝，菊地美穂，篠原一江
舞台監督	矢島健

PRODUCE STAFF

製作総指揮	加藤昌史
宣伝美術	GEN'S WORKSHOP＋加藤タカ
宣伝デザイン	ヒネのデザイン事務所＋森成燕三
宣伝写真	伊東和則
企画・製作	㈱ネビュラプロジェクト

成井豊（なるい・ゆたか）
1961年、埼玉県飯能市生まれ。早稲田大学第一文学部文芸専攻卒業。1985年、加藤昌史・真柴あずきらと演劇集団キャラメルボックスを創立。現在は、同劇団で脚本・演出を担当するほか、桜美林大学などで演劇の授業を行っている。代表作は『ナツヤスミ語辞典』『銀河旋律』『広くてすてきな宇宙じゃないか』など。

真柴あずき（ましば・あずき）
本名は佐々木直美（ささき・なおみ）。1964年、山口県岩国市生まれ。早稲田大学第二文学部日本文学専攻卒業。1985年、演劇集団キャラメルボックスを創立。現在は、同劇団で俳優・脚本・演出を担当するほか、外部の脚本や映画のシナリオなども執筆している。代表作は『月とキャベツ』『郵便配達夫の恋』『TRUTH』『我が名は虹』など。

この作品を上演する場合は、必ず、上演を決定する前に下記まで書面で「上演許可願い」を郵送してください。無断の変更などが行われた場合は上演をお断りすることがあります。
〒164-0011　東京都中野区中央5-2-1　第3ナカノビル
株式会社ネビュラプロジェクト内
演劇集団キャラメルボックス　成井豊

CARAMEL LIBRARY Vol. 6
風を継ぐ者

2001年4月15日　初版第1刷発行
2004年8月30日　初版第3刷発行

著　者　成井豊+真柴あずき
発行者　森下紀夫
発行所　論創社
東京都千代田区神田神保町2-23　北井ビル
tel. 03（3264）5254　fax. 03（3264）5232
振替口座　00160-1-155266
印刷・製本　中央精版印刷
ISBN4-8460-0262-4　

Vol. 7

ブリザード・ミュージック◉成井 豊

70年前の宮沢賢治の未発表童話を上演するために，90歳の老人が役者や家族の助けをかりて，一週間後のクリスマスに向けてスッタモンダの芝居づくりを始める.『不思議なクリスマスのつくりかた』を併録. 本体2000円

Vol. 8

四月になれば彼女は◉成井豊＋真柴あずき

仕事で渡米したきりだった母親が15年ぶりに帰ってくる. 身勝手な母親を娘たちは許せるのか. 母娘の葛藤と心の揺れをアコースティックなタッチでつづる家族再生のドラマ.『あなたが地球にいた頃』を併録. 本体2000円

Vol. 9

嵐になるまで待って◉成井 豊

人をあやつる“声”を持つ作曲家と，その美しいろうあ者の姉. 2人の周りで起きる奇妙な事件をめぐるサイコ・サスペンス. やがて訪れる悲しい結末…….『サンタクロースが歌ってくれた』を併録. 本体2000円

Vol. 10

アローン・アゲイン◉成井豊＋真柴あずき

好きな人にはいつも幸せでいてほしい——そんな切ない思いを，擦れ違ってばかりいる男女と，彼らを見守る仲間たちとの交流を通して描きだす. SFアクション劇『ブラック・フラッグ・ブルーズ』を併録. 本体2000円

Vol. 11

ヒトミ◉成井豊＋真柴あずき

交通事故で首の骨を折り、全身麻痺になったピアノ教師のヒトミ。大学病院の研究チームが開発した医療装置“ハーネス”を付けることで以前のように体を動かせるようになるが……。『マイ・ベル』を併録。 本体2000円

CARAMEL LIBRARY

Vol. 1

俺たちは志士じゃない◉成井豊＋真柴あずき

キャラメルボックス初の本格派時代劇．舞台は幕末の京都．新選組を脱走した二人の男が，ひょんなことから坂本竜馬と中岡慎一郎に間違えられて思わぬ展開に…….『四月になれば彼女は』初演版を併録．　本体2000円

Vol. 2

ケンジ先生◉成井 豊

子供とむかし子供だった大人に贈る，愛と勇気と冒険のファンタジックシアター．中古の教師ロボット・ケンジ先生が巻き起こす，不思議で愉快な夏休み．『ハックルベリーにさよならを』『TWO』を併録．　本体2000円

Vol. 3

キャンドルは燃えているか◉成井 豊

タイムマシン製造に関わったために消された1年間の記憶を取り戻そうと奮闘する男女の姿を，サスペンス仕立てで描くタイムトラベル・ラブストーリー．『ディアーフレンズ，ジェントルハーツ』を併録．　本体2000円

Vol. 4

カレッジ・オブ・ザ・ウィンド◉成井 豊

夏休みの家族旅行の最中に，交通事故で5人の家族を一度に失った少女ほしみと，ユーレイとなった家族たちが織りなす，胸にしみるゴースト・ファンタジー．『スケッチブック・ボイジャー』を併録．　本体2000円

Vol. 5

また逢おうと竜馬は言った◉成井 豊

気弱な添乗員が，愛読書「竜馬がゆく」から抜け出した竜馬に励まされながら，愛する女性の窮地を救おうと奔走する，全編走りっぱなしの時代劇ファンタジー．『レインディア・エクスプレス』を併録．　本体2000円